二見文庫

お色気PTA ママたちは肉食系

霧原一輝

目次

お色気PTA　ママたちは肉食系

第一章　夜の懇親会

1

総勢三十二名の人妻たちがひとつの教室に集まると、こうも空気が濃密になるのか――。

年齢も下は二十六歳から上は四十八歳まで。服装もきっちりとしたアンサンブルを着た者も、ジーパンにTシャツという軽装の者までいる。

淑やかな奥様風から、髪を染めたヤンママ風まで、様々な女性たちが一堂に会して、四角に配置された長テーブルを前に座っている。

そして、彼女たちの共通点はたったひとつ。小学生の子供がいることだ。

全員が見渡せる学校代表の席についた亀山崇士《かめやまたかし》には、長テーブルの下の彼女たちの下半身がどうしても目に入る。

タイトミニのスカートを穿いた二年の学年委員の若い人妻は、足を組んでいるので、ミニスカートがずりあがって、太腿が尻の近くまでのぞいてしまっている。その隣の四年の学年委員の母親は、さっきから膝の間が三十センチほど開いているので、目のやり場に困る。

視線をあげて全員を見まわし、ふと思う。

（この人たちは全員、あそこから赤ん坊を出したんだな。ということは、その十月十日前に男とセックスをしたということだ。今だって当然、夫とはセックスしているだろう。だから、こんなに女性フェロモンが漏れ出してしまう）

そこまで思って、ふと正気に返る。

（バカ、何を考えてるんだ。ここはＰＴＡの会議の場所じゃないか。しかも、自分は教師なんだぞ）

崇士は三年一組の担任で、クラスの児童の母親も二人この場にいるのだ。とんでもないことを脳裏に浮かべた自分が恥ずかしい。

これでは、教師失格だ。

亀山崇士は二十五歳の新米教師で、この地方都市S市のM町にあるM東小学校に赴任して二年目になる。

本年度は、ＰＴＡ担当の補佐をするよう校長から言われた。

しょせん補佐なのだからと安易に考えていた。だが、学校代表のベテラン教師が交通事故で重傷を負い、しばらくは学校に出て来られなくなり、その間、崇士が代理としてＰＴＡ担当をするはめになった。

校長や教頭が上手くＰＴＡとの折り合いをはかってくれれば問題はないのだが、二人とも腰が引けていて、まったく頼りにならないのだ。

なぜ、腰が引けてしまうかと言うと、様々な事情がある。

そのひとつが、また繰り返されようとしていた。

「というわけで、通学路の清掃を本校児童と保護者のほうで協力して実施するのは、これからの児童のことを考えますと、とても大切なことだと思えるのですが、いかがでしょうか？」

通学路クリーン作戦と名付けられた奉仕活動の提案をしているのは、ＰＴＡ会長である芳野慶子《よしのけいこ》だ。

提案に拍手が起こった。だが、全員というわけではない。

芳野慶子は三十八歳で、夫は一流企業の部長をしている。ただし、その夫は東京の本社に勤めていて、今、この地にはいない。本校の六年生の娘の母親であり、今年度に本校初の女性ＰＴＡ会長になった才色兼備の人妻である。

今もフェミニンなアンサンブルのスーツ姿で、優美でいながらきりっとした美貌と素晴らしいプロポーションは、他の保護者とは格が違う気がする。

六年生の娘もとび抜けてかわいいので、母子が授業参観などで一緒にいるところを見ると、まるで映画から飛び出してきたようなこの美人母子を周囲の者はついついうっとりと眺めてしまう。

きっとそれが気に食わないのだろう。

地区委員のまとめ役の委員長をしている柴田《しばた》珠実《たまみ》が、何かにつけて反対をして、いつも我がＰＴＡは紛糾してしまう。この珠実が地元の有力企業である柴田工業の社長夫人で、それなりの力を持っているので、事は面倒になる。

今も、慶子が着席したところで、珠実が立ちあがって反対意見を述べはじめた。

珠実は三十七歳で、いかにも気性の激しさをたたえた顔つきをしていて、穏やかな雰囲気をまとった慶子とは対照的だった。

性格的にも気性が荒い。だが、思ったことを包み隠さず話すので、母親たちにはそれなりの人気があった。

珠実にも六年生の成績優秀な娘がいた。

慶子の娘と同学年であり、幼稚園のときから、慶子の娘が学年代表になることが多く、自分の娘が目立たないのは、慶子の娘のせいだとひがんでいる節がある。

また、慶子がその美貌を利用して、幼稚園や学校側に陰で手をまわしているから、うちの娘は代表になれない——。

と、ありもしないことを捏造《ねつぞう》して、妬《ねた》んでいるのだと、慶子支持派の保護者から聞いたこともある。

この二人の対立のせいで、ＰＴＡは物事を決めるのに異常に時間がかかったし、雰囲気も悪い。

珠実の意見は、通学路クリーン作戦はすでに中学生がやっているのだから、やる必要はない。だいたい、実施の主体は地区委員になるのだが、みんな忙しいし、交通事故などが起こった場合に、責任を取れないというものだった。

「でしたら、中学と連携するというのはどうでしょうか？　そうすれば、保護者の負担も少しは減るでしょう。それに、ゴミを捨ててはいけないという考えを自然に身につけさせるには、小学生の頃からゴミ拾いをさせたほうがいいと思いますが、そこは、柴田さんはどうお考えですか？」

慶子に問われて、珠実は一瞬口ごもったが、すぐに、

「そんなのは躾《しつ》けの問題でしょ。家族でやればいいのよ。会長さんちは子供に躾

けをしていないのかしら？　どうですか、みなさん？　躾けをわざわざ学校にやってもらう必要があるの？　どう？」

珠実の問いかけに教室がシーンと静まりかえった。

そして、一部の母親が学校代表の崇士のほうを、何とかしてください、という顔で見ている。

ここは自分の出番だった。崇士は二人の対立をこれ以上深めないために、立ちあがった。

「お二人の意見はよくわかりますので、学校でも検討させてください。まだ実施には時間がありますので、一カ月後の定例会までにそれぞれが意見を固めておいてください。よろしくお願いします」

進行役をしていた副会長が、場の雰囲気を察知したのか、

「では、亀山先生もそうおっしゃってくださっているので……次の事案は……」

と、上手く議題を変えた。

2

一時間後、駅前のカラオケスナックで、懇親会が開かれていた。

参加しているは、PTA本部役員の会長・芳野慶子と、副会長二人・山下逸子《やましたいつこ》と小林望美《こばやしのぞみ》、会計・福田優子《ふくだゆうこ》の四名と、教頭の井桁直之《いげたなおゆき》と亀山崇士の六名である。

月に一度の定例会の後には、こうやって本部役員と学校側で酒を呑み、カラオケをして、コミュニケーションをはかるのが、本PTAの通例となっていた。

今も、副会長の小林望美が立ちあがって、予約してあったデュエット曲「ロンリー・チャップリン」を歌うところだ。

「おい、カメ。小林さんとデュエットしてこい。これは業務命令だ」

井桁教頭がメガネの奥の細い目を光らせる。

髪をべたっと七・三に分けた、若い女の子には、間違いなくキモいと言われるだろう、中年太りで赤ら顔の五十五歳の教頭である。

校長の日置《ひおき》はもともとPTA活動には首を突っ込まない主義で、その上、来年度には定年退職し、教育委員会に行くことになっているから、一切口出ししないで、教頭に任せている。

だが、その教頭も芳野慶子を前にしたときは慶子をヨイショし、柴田珠実を前にしたときは彼女にひたすら賛同の意を唱える風見鶏でまったく頼りにならない。

崇士は、つくづく最悪なときにＰＴＡ担当を任された、運に見放されていると思わずにはいられない。

このまま行くと、上手くいかなかったときの責任をすべて押し付けられそうな気がしてならない。

しかし、悲しいかな、崇士はまだ二年目の新米教師であり、また、思ったことも口に出せない気の弱さがあった。

「カメちゃん、早く！」

カラオケのモニター画像を前に、小林望美が手招いている。

三十二歳で、現役ナースである。

目がぱっちりして、ふっくらした唇を持つ、天然の癒し系の顔で、性格もメチャクチャに明るい。やや小柄だが、身体つきはむっちりとしていて、今も色白のもち肌が酔いでところどころ桜色に染まっている。

彼女の娘・あかりが三年一組で、崇士が担任をするクラスの生徒であることもあって、望美とはある程度気心が知れている。

「早く、早く、はじまっちゃうよ、カメちゃん」

教頭が自分をそう呼ぶせいで、最近は保護者からも「カメちゃん」と呼ばれることが多い。亀はのろまなイメージがあるし、何だか卑猥な感じがするので、あまりうれしくはないが、距離を置かれるよりはいいと思っている。

崇士は立ちあがり、

「いいですけど……こんな難しい歌、上手く歌えませんよ」

言い訳をしながら、望美の隣に立ち、モニターを見ながら、懸命に歌う。

(あちゃ、音程外れてる)

散々な出来の崇士に対して、望美はこの難しい曲を、身体をくねくねさせながら歌いあげる。

メチャクチャに上手い。だいたい、歌唱力に自信がなければ、この曲は選ばない。

近くに寄ると、何だか花のような香りがする。これで、S市立総合病院というこの辺では最も大きい病院の現役ナースなのだから、世の中わからない。

歌いながらソファのほうを見ると、芳野慶子が、副会長で四十三歳の山下逸子と、何やら真剣な表情で話をしている。

おそらく、今日提案した通学路クリーニング作戦をどうやって通すか、その具体的方法について話しているのだろう。

そして、井桁教頭のほうは、隣についている福田優子に耳元で何やら囁かれて、うれしそうな顔をしている。

みんな、二人の歌など聞いていない。初めから、聞く気などないのだ。

何とか歌い終えて、席に戻ると、小林望美がすぐ隣に座った。

「歌うと喉が渇きますよね。カメちゃん、呑んで」

と、水割りを作って、勧めてくる。

カラオケでは、教頭と福田優子が「北空港」をデュエットで歌いはじめた。

教頭はここぞとばかりに、彼女の腰に手をまわしている。

(教頭、女好きだから、ヤバいよな)

井桁はとにかく女に手が早くて、女性教員と問題を起こしかけていたという噂もあり、洒落にならない。

作ってもらった水割りをぐびっと呑んで、吐きそうになった。

崇士はもともと酒に弱いので、水割りはいつも薄めのものを呑んでいた。大学生の頃には、大して呑んでないのに泥酔して、人に迷惑をかけたことがある。

「濃いすね。これ」

「ええ、そうですか?」

望美はグラスに水を少しだけ注いで、

「これで、どうかしら？」

はっきり言って、まだ濃かったが、そうそう文句は言っていられない。

「いいです。ありがとうございました」

何しろ、担任をしている生徒の母親に酒を作ってもらっているのだから、そうそう文句は言えない。

しかし、ここで無理をしたのがいけなかった。

強いお酒を呑むと、短時間で酔ってしまうのだが、この日もいつもと同じことが起きようとしていた。

（マズいぞ。ここで泥酔しては、教師としてダメだろう）

本部役員とはもう何度も一緒に呑んでいるが、酔って醜態を見せたことはない。これ以上は呑まないようにしよう――。

だが、なぜか会長が隣にやってきて、水割りを作りはじめた。

慶子が近くに来て、ちょっと身体を動かすと、何とも言えない大人びたフレグランスが散って、鼻先をかすめる。

揃えられて斜めに流された足は、タイトスカートがずりあがっていて、膝とその上の太腿が十センチほど見える。そのわずか十センチの、ナチュラルカラーのパンティストッキングに包まれた太腿に、女の色気を感じてしまう。

それにこうして横から見ると、ブラウスを押しあげた胸も理想的な三角形を描いていて、何だかドギマギしてしまう。

あらためて、会長は女としても品質が高いのだと思い、女性ＰＴＡ会長をそういう男の目で見てしまう自分に失望する。

「亀山先生、ＰＴＡではいつもお世話になっています。先生、いつも的確な発言をしていただけるから、ずいぶんと助かっています。感謝の意味を込めて、乾杯させてくださいな」

そう言われれば、断るなど絶対にできない。

かるくグラスを掲げて、舐めるように呑むと、

「あらっ、先生。豪快に呑んでいただきたいわ。女のわたしだって、このくらいはいけますのよ」

慶子が美しい指で握ったグラスを一気に傾けた。こくっ、こくっとほっそりした喉が動くさまに見とれた。

呑み干して、慶子はにっこりと微笑む。

男の自分がちびちびやっているわけにはいかない。目を瞑《つむ》って、残りを一気呑

みした。氷だけが残る状態まで、ウイスキーを流し込むと、ほんとうに吐きそうになった。体が拒否しているのだ。

「そうですよ。それでこそ日本男児。惚れ直したわ」

慶子が言うので、面はゆくなった。

だが、結果的にはこれがよくなかった。気持ち悪いのと同時に、全身に酔いがまわった。

「すみません、ちょっとトイレに……」

席を立ち、トイレに向かおうとして、足元がふらついた。

「先生、大丈夫ですか？」

「えっ……はーい、平気れーす」

自分でも呂律《ろれつ》がまわっていないのがわかった。

「小林さん、ちょっと先生についていってあげて」

会長に言われて、小林望美が崇士の腰に手をまわして、抱きかかえるようにして、トイレに連れていってくれた。

便器を前にして、急に吐き気をもよおして、吐いた。

自分が情けなくなってきた。涙が滲んできた。

トイレから出てうがいをしていると、

「カメちゃん、大丈夫？」

望美が背中をさすってくれる。

「ええ……何とか」

「そうでもないみたい」

望美に支えられて、席に戻った。

「どうなの、小林さん？」

会長に訊かれて、望美が答えた。

「もう、帰したほうがよさそうですね」

「そう……じゃあ、小林さん、送っていってあげて。あなたは現役ナースなんだから、介抱もできるでしょ？　タクシー使っていいわよ。わたしが出すから」

「はい、そうします」

「一台、タクシー呼んでいただけないかしら？」

慶子が店員に言った。

「すみません、こんなになって……」

「いいのよ。先生にはいつもお世話になっているんだから。きっと、ＰＴＡのことが重荷になっているのね。申し訳ないわ……あっ、小林さん」

慶子が望美を呼んで、何か話している。

迎えのタクシーが店の前に着いて、崇士は望美に支えられて、後部座席に体をすべり込ませた。後から、望美が乗り込んでくる。

崇士が行先を告げ、タクシーが走り出した。

乗っている間も体が揺れた。

「こうしたほうが、ふらふらしなくていいでしょ？」

と、望美が腰に手をまわしてくれたので、崇士は身を任せて、体を預けた。

さすがナースと言うべきか。頼れる気がする。

ここからだと、崇士のアパートまでは、車で十五分ほどかかるはずだ。車で通勤しているのだが、乗ってきた車は今、学校の駐車場に停めてあった。

タクシーの揺れで、むかむかして、体を立てていることさえきつくなってきた。

「カメちゃん、つらそうね。横になったら。ここに頭を載せて」

「すみません……」

崇士は望美の太腿に頭を預けた。どう見ても、膝枕である。

担任教師が生徒の母親に膝枕などしてもらっていいわけがないが、この緊急時だから仕方がない。

と、望美は頭を撫でてくれる。いい子いい子しながら、耳元で囁いた。

「疲れてるんでしょ？　いいのよ、ゆっくりして。場所はだいたいわかりますから」

こっくりとうなずいて、崇士は全身の力を抜いた。

すると、車の揺れが揺りかごに思えてきて、また、望美の硬いけれども柔らかな太腿が格好の枕に思えてくる。

「ふふっ、カメちゃん、子供みたい……」

望美が耳に顔を寄せて言う。そのウィスパーの息が耳にかかって、ぞくっとした。

3

部屋に入れてはマズいとは思うものの、足腰がふらついて二階への外階段をあがれそうにもなく、結局、望美に肩を貸してもらって、部屋の前まで来た。

だが、自分は教師であり、教え子の母親を自室に入れてはいけないことも充分にわかっている。

「すみません、ここでけっこうです。お世話になりました」

「でも、やっぱり心配。急性アルコール中毒って、ほんと怖いのよ。すぐに帰るから、なかまで送らせてください」

望美が言う。

「いや、ほんと、平気ですから……ダメですよ。教師の部屋にあがっちゃ」

崇士はキーを取り出し、鍵穴に差し込もうとするのだが、上手くいかない。

「ほら、言った通りでしょ。貸して」

望美がキーで開錠し、スチール製のドアを開けて、崇士を先に入れて、後から入ってくる。

反射的に明かりのスイッチを入れると、部屋に照明が点いた。

2DKの間取りで、入ってすぐのところにダイニングキッチンがあり、その向こうに六畳の洋室が二つあり、一室をリビングにもうひとつを寝室に使っている。

崇士がリビングのソファに倒れ込むと、望美がキッチンに向かった。

コップに水を汲むその後ろ姿が、一瞬にして脳裏に刻み込まれた。

ブラウスを着て、膝上のスカートを穿いている。

やや小柄だが、胸と尻は大きい。むちむちした体つきをしていて、これで、ぴちぴちのナース服を着たら、患者はたまらないだろう。

後ろから見ると、きゅっと窄《すぼ》まったウエストからバーンと横に張り出したヒップの曲線と、子持ちシシャモみたいなふくら脛《はぎ》がなかなかそそる。

それに、肩と背中にふわっとかかった長い髪のシルエットがとても女らしい。

(ああ、ダメだ。何てことを考えてるんだ)

すっかり色欲モードになっている自分を叱った。

望美がコップを持ってやってきたので、崇士は人工革張りのソファで上体を立てた。

「ひとりで、飲める?」

「ああ、はい……」

渡されたコップをつかみ、口に持っていって、こくっ、こくっと飲んだ。

だが、どういうわけか、途中で噎《む》せて、噴き出してしまった。

噴水のように飛び出した水しぶきが、望美にかかった。

「す、すみません……ごふっ、ごふっ……」

「いいのよ」

怒られるかと思ったが、望美はにっこり笑って許してくれる。そして、崇士の

手からコップをつかんで、

「口移しで飲ませてあげるね」

コップに残っている水を、望美は口に含んで、顔を寄せてくる。

拒む間もなく、キスされていた。

そして、望美は少しずつ水を流し込んでくるので、崇士は飲まざるを得ない。飲まないと、口からあふれてしまうからだ。

こくっ、こくっと口移しに水を嚥下した。

望美はとても上手だった。均等に少しずつ水を与えてくれるので、崇士はこぼさずに飲むことができた。

そして、口のなかの水がなくなっても、望美はキスをやめようとしなかった。それどころか、上から体重をかけてくるので、崇士はソファに仰向けに倒れた。

(ダメだ。ダメだ、これは!)

望美の娘であり、教え子でもあるあかりの顔が脳裏をかすめた。

のしかかってくる身体を突き放そうとしたとき、彼女の手がズボンの股間に伸びた。股間を手のひらでつかまれ、やわやわとさすられる。ぞわっとした快感がひろがり、愚息が力を漲《みなぎ》らせるのがわかる。

とまどっている間も、望美は濃厚なキスをつづけ、ついには、なめらかな舌が口のなかにすべり込んできた。

よく動く舌が歯茎の裏をざらっとなぞり、口蓋をちろちろと刺激してくる。

それから、崇士の舌にからんでくる。

「ぁああ、んんんっ……」

望美もお酒を呑んでいる。その喘ぐような吐息に熟柿に似た匂いがこもっていた。

崇士も恵まれたとは言い難いが、それなりに女性とつきあってきた。もちろんエッチもした。だが、こんな濃厚で男をたぶらかすようなキスは初めてだった。

人妻とのキスは未経験だが、やはり人妻となるとキスの仕方も違う。ねっとりとして、からみついてくるようだ。

しかし、マズい。教師失格という思いが脳裏をよぎる。

だが、そんな理性も、舌をねちっこく吸われ、股間のふくらみを情感たっぷりに揉まれるうちに、湧きあがる快感のなかに霧散していく。

(俺も酔っている。望美さんも酔っている。これはお互い酔っぱらった結果の、過ちだ。過ちは誰でもが犯すものだ)

そう自分を無理やり正当化させる。

「ううん……あっ……んんん……」

悩ましい声が耳に忍び込んできて、崇士の理性をとろとろに溶かしていく。

ズボンのベルトがゆるめられ、ファスナーがおろされる。

ブリーフ越しに肉棹を、陰嚢《いんのう》からすくいあげるように揉み込まれると、それがますますギンとしてくるのがわかる。

ブリーフを持ちあげた分身を、望美のしなやかな指がなぞってきた。ブリーフの上から握り込んだ指がゆるやかに上下動する。その間も、キスされていて、まったりとした舌が口腔を縦横無尽に動きまわるのだ。

こんな達者な愛撫はオーバーでなく、初めて体験するものだった。

布切れ一枚隔てた愛撫は、もどかしかった。じかに触ってほしい、その指で直接本体を握ってほしい――。

と、その気持ちを察したかのように、望美の指がブリーフのなかにすべり込んできた。

斜め上方に向かっていきりたっている肉の塔を、ぎゅっと握ってきた。

「くっ……！」

下半身が躍りあがった。

その指を冷たいと感じてしまうのは、自分の愚息が熱を持っているからだろう。ひんやりして、しなやかなものが、包皮ごと本体を、きゅ、きゅっとしごいてきた。

「くうぅぅぅ……」

指が触れている箇所から、疼《うず》きに似た快美が突きあがってきて、もっと強く擦ってほしくなり、知らずしらずのうちに腰をせりあげていた。

望美がキスをやめて、微笑みながら言った。

「カメちゃんのここは、ほんとうに正直なのね。カチカチだもの」

「……こんなことをしたら、あかりちゃんに合わす顔がありません」

「あかりのことは、一切口にしないで！」

望美の表情が一変して、母親の顔になった。

「……すみません」

「ゴメンなさい。でも、こういうことにもルールがあるでしょ？　娘のことはもう絶対に口にしないで」

望美が上から、険しい顔で見おろしてくる。

うなずくと、途端に柔らかな表情に戻った。

「大丈夫よ。このことは口が裂けても言わないから。娘を特別扱いしてほしいとも思わないし……」

「……だけど、やっぱり……」

「うちは主人の出張が多いでしょう？　こっちも勤務が不規則だから、夜が……わかるでしょう？」

望美の夫は旅行会社に勤めていて、仕事柄、家を空けることが多いのだろう。彼女もナースで勤務時間が普通とは違うので、夜の生活がおろそかになっていて、身体が満たされていないのだろう。

望美の顔がさがっていき、ズボンとブリーフが引きさげられた。次の瞬間、温かく、ぬるっとした口腔が硬直を包み込んできた。

「おっ……！」

信じられなかった。フェラチオされているのだ、教え子の母親に。

（こんなことしていいわけがない。しかし……ああ、気持ち良すぎる！）

恥ずかしいほどに屹立したものに、ぷにぷにした唇がからみついてくると、あまりの心地よさに、自分の立場など忘れてしまう。

「んっ、んっ、んっ……」

望美はつづけざまに顔を打ち振って、肉棹に刺激と期待を与えると、ブラウスの胸ボタンをひとつ、またひとつと外していき、ブラウスを脱いだ。

人妻らしいシルクベージュのブラジャーが、下を向いたたわわな乳房を覆っている。

それから、スカートにも手をかけて、器用におろしていく。

フェラチオをしながら服を脱ぐ女性など、初めてだ。もちろん、教え子の母親と身体を合わせるのも。体験するすべてが初物尽くしだった。

心臓がドクドク音を立てて、血液がすごい勢いで勃起に流れ込んでいる。

望美はブラジャーとパンティだけの姿で、ソファに寝た崇士の足の間にしゃがんで、肉柱を頬張る。

いったん吐き出して、裏筋に沿って舐めあげてくる。

根元を握って、ゆるゆるとしごき、亀頭冠の出っ張りを下から舐めながら、崇士のほうを見る。

柔らかく波打つウエーブヘアをかきあげて、自分の愛撫がもたらす効果を推《お》し量るような目を向けながら、ちろちろと舌を躍らせる。

いやらしすぎた。エロすぎた——。

教師になることを決めてから、少しでも聖人君子に近づこうと努力してきた。

だが、夏になり女性が薄着になれば、透け出ているブラジャーのストラップに妄想をかきたてられ、ミニスカートを穿いている女性がいれば、その下のパンティを想像してしまい、女性がしゃがもうものなら、後ろから食い入るように眺め、下着が見えれば、その下で息づいている女の秘苑に勃起したものを入れたくなってしまう。

大学時代には何人かの女性とつきあったが、二年前に教師に正式採用されてから恋人はいなかった。

だからきっと、教え子の母親を相手にしても、こんなに昂奮してしまうのだ。

望美は手を離して、一気に根元まで咥え込んできた。

陰毛に唇が接した状態で、もっと深くまだ頬張れるとでも言うように、さらに奥まで呑み込んで、

「ぐふっ……ぐふっ……」

と、噎せた。

だが、吐き出すことはしないで、切っ先を喉できゅうきゅう締めつけてくる。

「おおっ、あっ……あおおぉぉ」

立ち昇る快感に声をあげると、望美は今度は速いピッチで首を打ち振る。

「おおおあぁぁあ……」

崇士は腰をせりあげて、悶絶する。

教師であるとか、相手が教え子の母親であるとか、そんなことはどうでもよくなった。

睾丸《こうがん》の下側をやさしく撫でるような愛撫に、睾丸がびくびくと躍りあがる。

それから、望美は右手で肉棹をしごきながら、崇士のワイシャツのボタンを外しだした。

ボタンを外し終えるとワイシャツの前をはだけて、胸板にキスをしてくる。

ちゅっ、ちゅっと唇を押しつけ、乳首を舌であやしながら、肉棹を握りしごく。

「気持ちいい？」

唇を胸板に接したまま、訊いてくる。

「ええ、すごく……」

「教えてあげる。じつはわたし、もう……」

望美が崇士の手を太腿の奥へと導いた。

（おっ……！）

パンティに蜜が沁みだして、粘っこいものがぬるっ、ぬるっと指にまとわりついてくる。

「ぁああ……わたし、もうダメっ……」

望美が腰をくなり、くなりと揺らすので、指腹が柔肉にくにゃり、くにゃりと沈み込むのがわかる。

「触って……ねえ、触って」

望美が腰を前後に振って、基底部を擦りつけてくる。

その瞬間、崇士のなかで何かが弾けた。

「こっちにお尻を向けて、またがってください……し、下着は脱いで」

言うと、望美は嬉々としてパンティをおろし、足先から抜き取り、背中に手をまわしてブラジャーも外した。

ぷるんっとまろびでてきた乳房に、目を見張った。

三十二歳の現役ナースのオッパイはあかりちゃんに母乳を呑ませたはずなのに、まったく型崩れせず、小さめの乳首もピンクの色を残している。

青い血管の透け出た美乳に圧倒されているうちにも、望美がソファにあがって、尻をこちらに向ける形でまたがってきた。

丸々とした尻たぶの底に、女の恥肉が息づいていた。

よじれたような陰唇がわずかにほころびて、内部の赤みをさらしていた。そして、ピンクと赤を足して二で割ったような粘膜は、妖しくぬめ光っている。

(ああ、ここから、あかりちゃんが出てきたのか……)

こんな狭いところから出てきたなんて、信じられない。

と、勃起が温くて柔かなものに包まれた。望美が下腹部のものを頬張ってきたのだ。

まったりとした唇をゆっくりとすべらせて、ジュルルッとAV女優のように唾液をすすりあげる。

「くっ……!」

甘美な快感をこらえて、崇士は目の前の女の肉にしゃぶりついた。

両手で陰唇をひろげておいて、狭間に舌を走らせる。ぬるっ、ぬるっと舐めあげると、

「んっ……!」

望美が頬張ったまま、くぐもった声を洩らした。

さらに、狭間を舐めあげ、陰唇ごとちゅーっと吸いあげる。

咥えていられなくなったのか、望美が顔をあげて、

「ぁあぁ、いい……先生、いいのよぉ」

感極まったような声をあげる。珍しく望美から、先生と呼ばれてドキッとした。

だが、望美はそう呼んだことに気づいていないようで、もっととばかりに陰部を擦りつけてくる。

崇士は口許をべとべとにしながら、無我夢中で沼地を舐めしゃぶった。

「ああ、ああ……いいの。へんになる。へんになっちゃう」

望美は自ら腰を振って、感じる部分に舌を押しあて、

「そこ……あっ、あっ……ああん、恥ずかしい。先生、わたし恥ずかしい」

口ではそう言いながらも、ますます尻を突き出してくる。

「もう何カ月も、主人とはないのよ。もう我慢できない」

さしせまった声をあげて、望美が立ちあがった。

4

望美はこちらを向いて、崇士の腹にまたがってくる。

ソファの上に両足を踏ん張り、お相撲さんが蹲踞《そんきょ》をするように足を開き、ちら

りと下を見て、いきりたっているものを擦りつけた。

「ぁああ、気持ちいい……こうしてるだけで気持ちいいの」

崇士をとろんとした目で見て言い、腰を沈めてきた。切っ先が入口に嵌《は》まり込むと、

「くうぅ……」

歯を食いしばり、まるでスローモーションのように顔をのけぞらせながら腰を落とす。肉棹が根元まで埋まって、

「ぁあああぁ……」

口をいっぱいに開いて、顎を突きあげた。

「おおあぉ……」

と、崇士も唸っていた。

二年ぶりに味わう女の体内は、まったりとして、温かくて、崇士のイチモツをきゅっ、きゅっと締めつけながら包み込んでくる。

そして、相手が担任する子供の母親であることが、後ろめたさとともに、奇妙な昂奮を生んでいた。

「ぁああ、気持ちいい……恥ずかしいわ……腰が動く。勝手に動くのよ」

顔をのけぞらせながら、望美は腰を前後に振りはじめた。

両膝をぺたんとソファについて、ほどよくくびれた腰から下を、徐々に強く大きく振る。

「ううっ、くっ……」

カチカチの分身が揺り動かされる快感をこらえながら、崇士はその光景を目に焼きつけた。

三十二歳の人妻が、自分の腹の上であさましく腰を揺すっている。

セミロングの髪が乱れ、美しく飛び出した乳房が、前に突いた腕で真ん中に集まって、二つの乳首が目玉のように崇士をにらみつけている。

そして、貪るような腰の動き——。

望美はくいっ、くいっと腰を鋭く振って、奥深くまで導き入れた肉棹を揉みしだいてくる。

崇士にも、切っ先が膣の奥にあたっているのがわかる。

「ああ、気持ちいいの……先生、気持ちいいのよぉ」

望美はもう止まらないという感じで、腰を大きく激しく前後に打ち振る。

さっきから『先生』と呼ばれるごとに、心臓が縮みあがる。きっと、良心が痛むのだ。だが、望美はむしろ、先生と呼ぶごとに高まっていくようだ。

(そうか……医者も『先生』と呼ぶんだったな)

もしかして、医者と不倫してるのかもと思い、およそ教職者らしからぬ想像をする自分がいやになった。

「ぁああ、ぁあああ……いい……ぐりぐりしてくるの。先生、動いて。突きあげて。望美を突いてよお」

望美が訴えて、腰を浮かした。

ならばと、崇士も腰を支えて、股間の屹立をせりあげる。そそりたつ肉の塔が体内に突きささって、

「あんっ、あんっ……いい。いい……」

美乳を揺らしながら、望美は頭から突き抜けるような声を放つ。つづけて、突きあげると、

「ぁああ、ダメぇ……」

望美はがくがくっと痙攣しながら、前に突っ伏してきた。

倒れ込んできた女体をがしっと抱きしめ、崇士は動きやすいように両膝を立て、下から突きあげてやる。

ギンとしたものが、望美の女の部分を斜め上方に向かって擦りあげて、

「あんっ、あんっ、あんっ……」

望美は裸身を揺らしながら、かわいい喘ぎ声をスタッカートさせる。

(俺だって、やればできるじゃないか)

きっと、望美がエロティックだからだ。スケベな女は男を奮い立たせる。

「ぁああ、気持ちいい……先生、気持ちいい！」

望美は顔をのけぞらせて、胸を押しつけてくる。

たわわな乳房がゴム毬《まり》みたいに押しつぶされ、その湿った柔らかな弾力が、ひどく心地いい。

「あん、あん、あん……やあ、声が出ちゃう。望美の恥ずかしい口をふさいで」

そう言って、望美がキスしてきた。ぷるるんとした唇が押しつけられ、舌がすべり込んでくる。

崇士も舌をからめながら、腰を突きあげた。

上の口を重ねながら、下の口に硬直を思い切り叩き込む。

自分がすごくエッチの上手い男に思えてくる。こんなこと、これまでのセックスではしなかった。

唇を吸い、必死に腰をせりあげていると、望美が顔をあげて言った。

「ねえ、先生。オッパイを吸って」

「オッパイを?」

「ええ……」

崇士は胸のなかに潜り込んだ。

たわわな乳房が柔らかく顔に張りついてくるのを感じながら、乳首を吸った。

口に含んでいるうちに、柔らかかった乳首がそれと感じるほどに硬くなってきた。しこってきた乳首をねぶりまわし、小刻みに横に弾くと、

「あっ、それ……あっ、あっ……くぅぅ、いい!」

望美は胸を預けながら、腰をさかんに打ち振る。

きっと、乳首と下腹部が繋がっているのだろう。快楽の糸がピンと張りつめているのだ。

崇士も乳首を吸いながら、腰を突きあげてやる。いきりたったものが、とろとろに蕩けた膣肉をずりゅっ、ずりゅっと擦りあげて、

「あっ、あっ、あっ……いい。あああ、へんになるぅ……ぁあああ、ぁあ
あぁぁぁぁ……」

望美は腰を縦に振って、応戦してくる。二人の腰の動きがぴたりと合うときがあって、子宮口まで切っ先が届き、

「くうぅぅ……」

望美は上体をあげてのけぞりながら、喉を絞った。

「先生、下にして。イキたいの。イカせて」

崇士は結合を外して、望美をソファに仰向けに寝かせた。

革張りの大きなソファに、人妻がそのむちむちした裸身を横たえている。いや、人妻などという曖昧な言い方はやめよう。

崇士の教え子の母親が、その放恣な裸身をさらして、いやらしく股を開いている。

「ああ、早くぅ……ちょうだい。先生のオチ×チンをちょうだい」

膝を立てて、もう待てないとでも言うように下腹部の翳《かげ》りを突きあげる。

上気した顔に張りついた髪の毛、霞のかかったような卑猥な目、汗でぬめる大きな乳房、そして、開いた足の間で赤い粘膜をのぞかせて誘う女の武器——。

それは、これまで崇士が体験した、ほぼ同じ年頃の独身女性とのセックスとは、どこか質が違っていた。

崇士はソファにあがり、膝をすくいあげた。

あさましいほどにそそりたっている分身を膣口に押しあて、慎重に腰を進めていく。

そこはいとも簡単に怒張を呑み込んで、

「ぁあぁぁ……」

望美は低い声をあげた。その身体の底から絞りだすような低く、どこか獣じみた喘ぎが、本気を感じさせて、崇士を昂奮させた。

上になると、また感触が違った。

潤沢な蜜まみれの細道が、波打つようにして、硬直を内へ内へと誘い込むようにうごめいている。

「おおぅ、くぅ……気持ち良すぎる」

奥歯を食いしばって、ゆったりとピストン運動させた。

両膝を持って開きながら、上体を立てたまま打ち込むと、まったりとした肉路が吸いついてきて、

「ぁあああ、いい……いいのよぉ……先生、良すぎる」

望美が下から、潤みきった瞳を向ける。

（やっぱり、ダンナさんとしてないから、俺みたいな下手くそでもこんなに感じ

てくれているんだろうな)

日本では子供ができてしまうと、あまりセックスをしなくなる夫婦が多いらしい。ということは、学校の保護者のなかにもセックスレスがいるのだろう――。

こんなことを思ったのは、初めてだった。

「ああん、ちょうだい」

腰の動きが鈍っていたのだろう、望美が訴えてくる。

崇士は膝をひろげて押さえつけ、つづけざまに腰を躍らせた。

上反りした硬直が肉路の天井をすべる。ちょっとざらつきのある膣壁を勢いよく擦りあげると、望美の気配が変わった。

「あん、あんっ、ああんっ……」

両手でソファの縁を握って、目を閉じる。

気持ち良さそうに目を瞑りながら、甲高い喘ぎを放つ。打ち込むたびに、汗ばんで、紅潮した乳房が揺れる。

(そうか、これが大人のセックスか)

切羽詰まって、すべてをさらしたその表情や身体を感じて、崇士も一気に昂った。

「小林さん!」

「ああ、名前を呼んで。呼び捨てにして」

「……の、望美！」

「ああ、そうよ。もっと呼んで」

「望美、望美！」

「ああ、先生……イク。望美、イキます……くっ……」

望美が顎をいっぱいに反らして、生臭く呻いた。

「おおぉ、望美……望美！　イクぞ」

「ああ、来て……先生、来て！」

「そうら」

M字に開いた膝を力の限りつかんで押しあげ、ちょうど角度の良くなった膣肉をしこたま突いた。

（もっとだ、もっと奥を！）

つづけざまに深いところに届かせると、奥のふくらんだ粘膜が雁首にからみついてきて、射精感が一気にひろがった。

「ああ、ぁあああぁぁ……イク、イク、イッちゃう……」

「そうら、イキますよ」

「ぁあああ、イクぅ……やあああああああぁぁぁぁぁぁ、くっ！」

望美がソファを鷲づかみにして、がくん、がくんと躍りあがった。

膣がオルガスムスの痙攣をするのを感じて、駄目押しとばかりにもうひと突きしたとき、崇士にも絶頂が訪れた。

「おおああぉぉ……」

吼《ほ》えながら、熱いマグマを放っていた。

ドクッ、ドクッと男液がしぶくたびに、ツーンとした射精感が脳天にまで突きあがり、腰が勝手に震える。

目眩《めくるめ》く瞬間が去って、崇士はがっくりと望美に覆いかぶさっていく。

汗まみれの肌がぴとっと吸いついてくる。

すべてを出し尽した崇士は、少しも動かない女体にただただ覆いかぶさっていた。

第二章　教室でお仕置き

1

教え子の母親と寝てしまった――。

時間が経つにつれて、自分がしてしまったことへの後悔の念が押し寄せてくる。

(俺は取り返しのつかないことをしてしまった)

あれから、担任をする三年一組で授業をし、小林望美の娘であるあかりを目にするたびに、罪悪感が胸にひろがる。

小林あかりはとくに明るくて、はきはきしていて、授業中でも積極的に発言するので、その質問に作り笑いで答えながらも、崇士は胸の痛みを禁じ得ないのだ。

その日の放課後、職員室で明日の授業の予習をしていると、芳野慶子が姿を見せた。

相手はPTA会長である。教員がほぼ全員、慶子を意識して挨拶をする。たんに会長というだけではなく、慶子には周囲の者が気をつかわずにはいられないオーラがあった。

(何だろう?)

手を止めてうかがっていると、教頭が立ちあがって、慶子とともに職員室を出ていく。

(なるほど、この前の通学路クリーン作戦の件だな)

しばらくして、教頭が戻ってきて、耳打ちした。

「会長がお話があるそうだから、応接室に行きなさい」

「わかりました」

やはり、あの件だろう。職員室を出て、廊下を歩き、校長室を隔てたところにある応接室に向かった。

入っていくと、応接ソファから立ちあがって、慶子が挨拶をした。

きりっとしたタイトスカートのスーツを着て、いつもながら優雅で品が良く、しかも、知性が感じられる。専業主婦で働いていないはずだが、いつも服装はきちんとしている。

「ここに」と、ソファの隣を勧められて、崇士は腰をおろした。途端に、大人びた香水の微香が鼻にからみついてきた。

「すみませんね。お忙しいところお時間を取っていただいて」

そう言う慶子の横顔はととのいすぎるほどにととのっていて、目尻のスッと切れあがった目は常に冷静で、この人が動揺したところを見たことがない。

「いえ、全然大丈夫です……あの、ご用件は？」

「じつは、この前提案させていただいた通学路クリーン作戦の件なんですが……先生はどう思われます？」

ぱっちりとして、目力のある黒曜石《こくようせき》のような瞳が、まっすぐに向けられる。

やはり、あのことかと思いつつ、

「そうですね。基本的には賛成です。やはり、小学生の頃から物を道路に捨てないという意識を持ってもらったほうがいいと思います。ただ……」

「ただ……？」

「はい、あの……柴田さんが強く反対なさっているようなので……あまり無理押しするのも、あれかと……」

言うと、慶子の表情がわずかに険しくなった。

「あの方は、何を言っても反対なさると思いますよ」

「そうですかね……」

「あの方を気にしていたら、うちのＰＴＡは何もできなくなってしまう。違いますか？」

「まあ、そうですねえ……」

「ですので、学校側のほうで強く賛同の意を示してもらえませんか？　そうすれば、通学路クリーン作戦は実現します」

「……そうなんですが……柴田さんはああ見えて、支持する保護者の方も多いですから。こちらが無理に推しますと……」

「相変わらず煮え切らない先生だわ」

「えっ……？」

慶子にこんな冷たい言い方をされたのは初めてだった。

と、慶子がバッグからスマートフォンを出した。指でスワイプして、それから、タップした。

「これを見てくださいな」

スマートフォンを見せられた。

（な、何だこれは……？）

見覚えのあるベッドに、崇士が裸で眠っていた。そして、その寝顔に小林望美が顔を寄せて、左手でピースマークを作って微笑んでいる。

決定的なのは、望美も上半身裸でたわわな乳房まで見えてしまっていることだ。

これでは、この画像を見たすべての人が、この二人には肉体関係があると推測するだろう。

そうか……あのときか。

セックスを終えて、崇士はうとうとした。その間に、撮られたのだ。望美が自撮りしたのだ——。

（しかし、どうしてこの画像を慶子さんが？）

おずおずと慶子を見た。

「小林さんが送ってくれたのよ。随分と楽しまれたようね。小林さん、ひさしぶりだったから、すごく気持ちが良かったとおっしゃっていたわ」

言って、慶子がすっと口角をあげた。

ザーッと血が下っていくのがわかった。

（あれほど他人には言わないと言ったのに……）

いや、待てよ。

あの夜、泥酔した崇士をアパートに送っていくように指示したのは、慶子だった。タクシーを待つ間、慶子は望美に何やら耳打ちしていた。そしてあの夜、望美はやけに積極的だった。フェラチオだって向こうからしてきた。

もしかして……いや、絶対にそうだ。最初から、崇士を誘惑する作戦だったのだ。おそらく、慶子がそう指示したのだ。崇士を取り込むために。

そして、崇士はまんまとその罠に嵌まった――。

「……会長さん、ひょっとしてあのとき、俺を……？」

「なあに？」

「誘惑して、その……」

「誘惑？　何をおっしゃっているのか、わからないわ」

シラを切られると、証拠があるわけではないし、強くは出られない。

「とにかく、先生は教え子の保護者と寝たわけよね。この写真を見たら、誰もがそう思うわ。違う？」

言い返せなかった。

「この写真が出まわったら、先生、困るでしょ？」

こっくりうなずくことしかできなかった。

「小林さん、わたしにしか送っていないとおっしゃっていたから、大丈夫ですよ、先生。わたしのところでしっかりと止めておきます。小林さんにも他の方には絶対に見せないように言っておきます。彼女、わたしの言うことなら何でも聞いてくださるのよ」

慶子が、にっこりと笑った。

（脅していのだ……！）

この人は美しい悪女だ——。

「……すみません。そうしてください。お願いします」

崇士は深々と頭をさげた。

「いいんですよ。PTA会長として、当然のことですもの。ですから……先生にも、PTA担当教師として当然のことをしていただきたいの。通学路クリーン作戦の件、よろしくお願いしますね」

「……わかりました」

「ふふっ、よかった。さっき、教頭先生も賛成してくださったんですよ。これで我がPTAも新しい活動ができます……あらっ、どうなさったの？　元気がなくなったわ。先生？」

呼ばれて、崇士は顔をあげる。

と、慶子の顔がせまってきた。あっと思ったときは、キスされていた。

「んっ……？」

まさかのキスに呆然としている間にも、慶子の手が股間に伸びて、そこをぐっとつかまれた。

ゆるゆるとなぞってくる。

リップの香りのする柔らかな唇が唇をふさぎ、細くてしなやかな指が股間を優雅な動作で、撫でてくる。

ズボンのなかでそれがむくむくと頭を擡《もた》げてくると、慶子はソファの前にしゃがんだ。

ちらりとドアのほうを気にしてから、器用にズボンのファスナーをおろし、ブリーフのクロッチから巧みに屹立を引っ張りだした。

（え、え、えええっ……？）

慶子はむしろセックスを軽蔑しているのではないかと思っていた。なのに、いきなりこんな大胆なことを？

動けなかった。そして、期待感もあった。

慶子は右手で根元を握って、ゆっくりとしごきだした。

顔を伏せて、唾液を落とし、それをまぶし込むように包皮をすべらせる。

垂れ落ちてきたセミロングのウエーブヘアをしどけなくかきあげ、ちらっと崇士を見あげ、その手も加え、二本の手で肉棹を追い込みにかかる。

クリアカラーのマニキュアの光るしなやかな指が肉柱にからみつき、左右の手が動きを変えて、上と下をねじるように指をすべらせる。

気持ちが良すぎた。

肉体的な快感以上に、いつも毅然とした慶子に自分のペニスを手コキされていることで、ひどく昂奮した。

「おっ、あっ……」

知らずしらずのうちに、悦びの声が出た。

「すごいわ。先走りがどんどんあふれてきた。いやらしい音が聞こえるわ」

慶子が亀頭冠のほうを包皮をつかってしごくと、ネチッ、ネチッという淫靡な音がした。

信じられなかった。校内で、ＰＴＡ会長がペニスをしごいてくれている。

しかも、慶子はほんとうに上手かった。

昂奮して吊りあがった睾丸を袋ごと、やわやわとあやしてくる。まるでお手玉でもするみたいにして、さらに、肛門へと至る会陰部にも指を這わせて、マッサージしてくる。

金玉の下から強い刺激があがってきて、分身がますますギンとしてきた。

こんなことをしてはいけないと思いつつも、崇士は足をできるだけ開き、下腹部を突き出して、ソファに背中をもたせかける。

「いいのよ、出して……」

甘く誘って、慶子はハンカチを出し、亀頭部をくるんだ。

普段、崇士は遅漏気味で、なかなか出ない。しかし、相手は特別な存在だった。いわば、PTAの女王だ。その高貴な女王が、自分ごときの肉棹を懸命に指でしごいてくれている。

慶子は右手で肉棹の上のほうを握り込み、包皮を亀頭冠にぶつけるように連続して擦った。

これは効いた。

熱い疼きが急速にひろがって、にっちもさっちも行かなくなった。

「ううう……ダメだ。出る。出ます……うっ！」

「いいのよ。出しなさい」

きゅっ、きゅっとしごかれて、熱い溶岩に似たものが尿道管を駆けあがり、すごい勢いで飛び出していく。

「おっ、あっ……」

射精の快美感に、瞼の裏がピンクに染まった。

慶子はなおもしごきつづけるので、ザーメンが一滴残らず絞り出されていくようで、気が遠くなった。

すべてを出し尽くしたとき、慶子が亀頭部を覆っていたハンカチを外した。

「すごいわね」

白いハンカチの内側にべっとりと付着した白濁液を見て、にっこりと笑い、それから、折り畳んでバッグにしまった。

慶子は勢いを失くした肉茎の先に白濁液が付着しているのを見て、ふっと顔を寄せて、舌で拭った。

まだ汚れているところに舌を走らせて、きれいになったのを確認すると、肉茎をブリーフにしまい、ズボンのファスナーをあげ、立ちあがった。

「例の件、頼みますね」

婉然《えんぜん》と微笑み、何事もなかったように、応接室を出ていった。

2

翌月に行なわれたPTA会議で、学校側は本部の提案した通学路クリーン作戦を強く推し、そのおかげで可決され、中学と協力して通学路の清掃をやることになった。

柴田珠実とその取り巻きは反発したものの、学校側に全面的に賛成にまわられては認めざるを得なかった。だが、彼女たちが今回のことで、PTA本部と学校側にいっそう反感を覚えたのは確かのようだった。

崇士も自分が脅されて行動したことに、罪悪感のようなものを覚えたが、がっちりと弱みを握られていては、手の打ちようがなかった。


学校が夏休みに入ってしばらく経ったその日、PTAの奉仕作業が実施されていた。

高学年の保護者が集まって、校庭の草むしりを行なうのだ。

崇士も参加して、保護者とともにグラウンドにしゃがんで、草取りをする。

暑かった。

総勢百名ほどの父母、祖父母が、グラウンドに散って、各自が持ってきた道具を使い、雑草を取る。

崇士も噴き出す汗を首にかけたタオルで拭きながら、雑草を小さなスコップで掘り起こしていく。

(暑い!)

照りつける太陽が眩しい。

ちょっと休憩と手を休めたとき、数メートル前でしゃがんでいる女性の後ろ姿に目がいった。

この母親が誰かは知っている。四年生の息子を持つ、高橋美里《たかはしみさと》だ。

PTAの役員に選ばれていて、広報委員会の活動をしている。夫が柴田工業に勤めていて、柴田珠実の取り巻きのひとりである。

小柄だが、目のくりくりっとした二十九歳の活発な美人で、男好きのする女性だった。

意識的なのかどうかはわからないが、教師と話をするときも、近づきすぎだろと言いたくなるほどに接近して話す。

時々、胸の広く開いた服を着ていて、前に屈むと、下を向いた二つの乳房とその谷間が見えて、周囲にいる男性が目のやり場に困る。

それをわざとやっているのか、たんに気にしていないだけなのか、はかりかねていた。

今、目の前でも同じことが起こっていた。

彼女はピチピチの小さめのTシャツを着て、ローライズのジーンズを穿いていた。したがって、しゃがむと、Tシャツとジーンズの間に隙間ができ、そこから肌がのぞく。ゆるいカーブを描く腰のあたりの肌が十センチほども見えている。

それだけでも充分に目のやり場に困るのだが、今目にしているのは、尻たぶの割れ目だ。

ベルトが横に走るローライズのジーンズのちょうど真ん中に、尻の割れ目の上端がのぞいていた。

（ノーパンか？）

いや、そんなはずはない。たぶん、ローライズのパンティを穿いていて、ノーパンのように見えるのだ。

しかし、このケツの割れ目は？

見てはいけない——。

だが、どうしても視線が双臀の切れ目に向かってしまう。

高橋美里は少しずつ移動している。草取りをする振りをしながら、時々盗み見ていると、女のむちむちした太腿が目に飛び込んできた。

（えっ……？）

顔を確認すると、五年生の娘を持つ三十五歳のＰＴＡ役員で、地区委員をしている森田千鶴《もりたちづる》だった。彼女の夫も柴田工業に勤めている。

その関係もあって、柴田派のナンバー２であり、柴田珠実の片腕的存在だった。結婚前は駅前のスナックに勤めていたらしい。

その彼女が足を開いてしゃがんでいるのだが、ボックススカートを穿いているので、ハの字に開いた太腿の内側がもろに見えるのだ。

（ダメだ。見てはいけない！）

目にした、仄白《ほのじろ》い内腿とわずかに見えた白系統のパンティを頭から追い払った。

女が後ろを向いているなら、何とか言い訳はできるが、正面から盗み見しては誤魔化せない。

自分は教師なのだから、なおさら見てはいけない。

うつむいた。顔を伏せて、同じところの草をひたすらむしった。

だが、視野の片隅にとらえている、スカートのなかの太腿がどんどんひろがってくるではないか。

（んっ……？）

ついつい、引き込まれるように見てしまった。

愕然とした。

足を直角ほどに開いているので、スカートがずりあがり、重なってひしゃげた太腿が付け根までのぞいてしまっている。その奥に目をやると、白いパンティの基底部がはっきりと見えた。

ゴクッと静かに生唾を呑み込んでいた。

おずおずと顔を見る。

つば広の帽子をかぶった森田千鶴は、地面だけを見て、黙々と手を動かしている。

（そうか……草取りに夢中で、ついつい足を開いてしまっているんだな）

崇士は周囲を見まわして、こちらを見ている者がいないことを確認した。前のほうの草をむしる振りをして、さり気なくスカートのなかに視線を送る。

（むむむっ……）

左右の鼠蹊部の中心で、白い布地がぷっくりとしたふくらみを見せ、真ん中の下のほうにはくっきりと筋が刻まれていた。

と、視線を感じたのか、足が閉じられた。

だが、しばらくすると、またゆっくりと膝が離れていく。足がひろがるにつれて、むっちりとした太腿がのぞき、直角に開いたとき、白い布地が目に飛び込んできた。

見せてくれているのか？　そうでもなければ、いくら草取りでもこんなに大きく足を開かないだろう。だいたい、草取りの日にスカートを穿いてくること自体がおかしい。

しかし、どうしても目が離せない。

やはり、自分は根っからのスケベなのだと思う。この前も、カラオケの夜、それで失敗した。

そのとき、いきなり森田千鶴が顔をあげて、崇士を見た。崇士はハッとして目を逸らしたが、もう遅かった。

千鶴が近づいてきて、小声で言った。

「先生、わたしのあそこを見てたでしょう？」

「……いえ、そんなことしてませんよ」

狼狽し、周囲の目を意識しながら嘘をつく。

「先生、見てたわ」

いつの間にかこちらを向いていた美里が、千鶴の肩を持つ。

「いえ、してませんよ」

「嘘をつかないで。先生、高橋さんのお尻も見てたじゃないの。知ってるのよ」

千鶴が言う。

「えっ、そうなんですか？　ひどい、先生」

美里が口を尖らせた。

「ちょっと問題よね。教師が奉仕作業中に、保護者のお尻を見たり、下着を覗いてるって……」

千鶴が眉をひそめた。

「違います……」

「だって、証人がいるのよ。なのに、わたしたちが嘘をついてるって言うの」

美里が追い討ちをかけてくる。泣きそうになった。

「……してませんから」

「あくまでもシラを切るのね。いいわ、PTAのホームページに書き込み欄があるでしょ、保護者の声が。あそこに、書き込ませてもらうわ」

千鶴が腕を組んだ。

「ちょっと、困ります」

「話し合いが必要みたいね。作業が終わったら、話し合いましょ。そうね、先生の担任のクラスがいいわね。三年一組の教室がいいわ。作業が終わったら、三年一組の教室で待ってるから」

そう言って、二人は話しながら去っていく。

(まいった。最悪だ。どうしたらいいんだ?)

崇士は頭を抱えて、グラウンドにしゃがみ込んだ。

3

奉仕作業の草取りが終わり、いったん職員室に戻った崇士は頭のなかを整理して、三年一組の教室に向かった。

目撃者がいるのだから、いくらやっていないと主張しても、彼女たちの気持ちを逆撫でするだけだろう。ここは、謝るしかない。ひたすら謝って、許してもらうしかない。

殊勝な気持ちで、教室に入っていく。

窓もカーテンも閉め切られた蒸し暑い教室に、美里と千鶴が腕を組んで立っていた。二人ともむっとしている。完全に吊るしあげられる雰囲気だ。

黒板を背に立った崇士を、追い詰めるように二人が近づいてきた。

「す、すみませんでした」

崇士は深々と頭をさげた。

「さっきの件、申し訳ありませんでした」

もう一度言うと、リーダー格の千鶴の声が降ってきた。

「覗き見したことを、認めるってことね」

「そのつもりはありませんでしたが、目の前にあったのでついつい……」

「ふうん。で、何が目の前にあったの？」

美里が加わってきた。

「……いや、その……」

「何があったのかな？　先生の口から聞きたいなあ」

美里が追い討ちをかけてくる。随分と意地悪だ。

「……あの、高橋さんのお、お尻の割れ目と……あの、森田さんのし、下着が」

口にした途端に、冷や汗がどっと噴き出してきた。

「ふうん、で、先生はそれを見たのね？　実際、そうしてたものね。草取りをする振りをして、ちらちらと盗み見てたものね、千鶴さんのお股を」

「……す、すみませんでした。心から謝ります。教師として恥ずべきことをしました。ですので、この件はここだけのこととしてお内密に、お願いいたします」

崇士はふたたび頭をさげた。

「いいわよ、ここだけの話にしてあげても」

千鶴が言ったので、崇士は内心小躍りしながら顔をあげた。

「ただし……今から、罪滅ぼしをしてもらうわね」

「えっ……罪、滅ぼしですか？」

「そうよ。当然でしょ？　罪を犯したら、その罪を償うのは。そうよね、美里さん？」

「もちろんよ。あなたは、先生なんだからよけいにそうよ。人の手本にならなくちゃね」

美里が近づいてきて、いきなり、ズボンの股間をつかみあげてきた。

「うっ……！」

「いやだ、先生の縮んじゃってる。怒られて、しょげてるのね」

微笑んで、美里が前にしゃがんだ。

ベルトをゆるめ、ズボンとブリーフを一気に引きおろした。

「あっ、何を？」

思わず下腹部を手で隠した。その手を外して、美里が言った。

「しばらくの間、剝き出しでいるのよ。ゾクゾクするでしょ？　いつも生徒に教えている教室で、オチ×チンをさらしているというのは」

「……人が来たら、マズいですよ」

「大丈夫よ。わたしたちがちゃんと見張ってるから」

美里が言い、千鶴がドアのほうに向かって歩き、その前に立った。見張りをしているつもりなのだろう。

「ねっ？」

悪戯っぽい目で見あげて、美里は肉茎の根元をつかみ、ぶんぶん振った。

まだ柔らかい肉茎がばちん、ばちんとどこかにあたって、見る見る力を漲らせてしまう。

「ほうら、もうこんなに……小さいままなのもみっともないから、逞しくしてあげるね。先生だって、そのほうがいいでしょ？」

言い終えるなり、美里がしゃぶりついてきた。

勃起途上のものを根元まで口におさめて、なかで舌をねろねろとからませてくる。分身は気持ちとは裏腹に、どんどん硬くなってきてしまう。

しかし、これのどこが罪滅ぼしなのだろう？　人妻に教室でフェラチオされるなんて、むしろ、男の快楽じゃないか？

とまどっているうちにも、下腹部のものは完全にいきりたち、ギンとしてきた肉柱を、美里は情熱を込めてしゃぶってくる。

手で睾丸を持ちあげるようにあやし、上を向いた肉棹に唇をかぶせて、ずりゅ、ずりゅっと大きくしごきあげる。

「むむむっ……」

理性が吹き飛ぶような快感に、崇士は天を仰ぐ。

そのとき、光が爆ぜた。

ハッとして見ると、少し離れたところで、千鶴がスマートフォンを向けている。

（撮られた！）

突き放そうとするものの、美里は腰にしがみついていて、離れない。

千鶴が近づいてきて、スマートフォンの画面を見せた。

そこには、下半身剝きだしで、保護者のひとりにそそりたつものを咥えられて、気持ち良さそうに天を仰ぐ崇士の姿がはっきりと映っていた。

「……消してください！　さっき、謝ったじゃないですか！」

「先生、これで二度目よね。破廉恥な写真を撮られたのは？」

千鶴が口尻をきゅっと吊りあげた。

（……あの件を、知っているのか？）

疑問符がいくつも頭のなかで浮かびあがった。

「先生、小林望美と寝ましたよね。その写真を撮られて、脅されていた。それでこの前、中立を破って、賛成にまわったのよね」

千鶴に言われて、頭の血がすーっと下がっていくのがわかる。

「ふふっ、わたしたちの情報網をバカにしないことね。何でも、入ってくるんだから……あのバカ教頭も、福田優子にたぶらかされて、賛成にまわったのよ。知ってる？」

まったく気づかなかった。そうか、芳野慶子はそこまでえげつないことをしているのか？

そのとき頭に浮かんだのは、この前、応接室で慶子に手コキされて、射精したことだ。

やはり、あの人は美しい悪女だ——。

しかし、それを言うなら、この二人も……。そうか、自分は嵌められたのかもしれない。

「……ひょっとして、さっき、わざと見せて、それで？」

「何を言ってるの？　わたしがわざと先生に下着を見せたって言いたいの？　失礼な人ね。許さないわよ」

千鶴が背後にまわって、崇士の尻の間に指を突きたててきた。

危うくアヌスに指がめり込みそうになって、崇士はぎりぎりで腰をよじって、それを避ける。

「ううう っ……やめてください」

そうとしか言えない自分が情けない。教師という職業は、たとえどんな状況でも暴力をふるってはいけないのだ。

「やめてください、だって。かわいいんだから、先生は」

美里が見あげて言って、また頬張ってきた。

こんな状況でもあさましくいきりたっている肉棹を、一気に根元まで咥え込んで、大きく唇をすべらせる。根元にしなやかな指がまわされ、ぎゅっ、ぎゅっとしごきあげてくる。そうしながら、先端のほうを唇で擦られる。

いつの間にか、千鶴の手は崇士のワイシャツのボタンを外しはじめていた。ひとつ、またひとつとボタンが外され、ランニングシャツもたくしあげられる。と、指が乳首をつまんできた。くりっ、くりっと転がしてくる。

「くうぅぅ……おおおぉ……」

「シーッ！」

後ろから千鶴の声がした。静かにしなさい、ということなのだろう。

美里も千鶴も動きを止める。

と、教室の前の廊下を足音が横切っていった。

「やっぱり、ここは危険よね。どうする？」

「そうですね。保健室はどうでしょうか？」

「じゃあ、ちょっと偵察に行ってくるわね。先生、女ひとりだからといって、逃げたりしたら承知しないわよ」

千鶴が教室を出ていく。すると、美里の態度が変わった。

立ちあがって、右手で勃起をしごきながら、左手で自分のジーンズのベルトをゆるめ、ファスナーもおろし、そこに、崇士の右手を導いた。

「先生、触って」

肉棹を擦りながら、甘く囁きかける。

「いや、だけど……」

「いいでしょ？　そうしないと、さっきの写真公開しちゃうかもよ」

ここは、従うしかない。

言われたように、水色のローライズパンティの上端から右手をすべり込ませると――。

濡れていた。ぐにゃりとした柔肉が蜜をこぼして、繊毛の感触とともにぬるっとしたものが指にからみついてくる。

おずおずと濡れ溝を擦ると、

「あっ……あっ……ああん、たまんない……」

美里は胸に顔を埋めて、声を洩らしながらも、いきりたちを抜け目なくしごいてくる。

二人の身体の前で、腕が交錯していた。

そして、顔をあげれば、ほぼ正午の強い太陽の日射しが遮光カーテンの隙間から漏れているのが見える。

教室には三十一個の生徒の机が並び、壁には予定やら、生徒の習字や絵画が貼ってある。

（俺は神聖な教室で、ＰＴＡの母親とこんな淫らなことを……）

頭がへんになりそうだ。なのに、しごかれる勃起からは甘やかな快感が立ち昇り、右手の中指はぬるぬるした女の苑に悦んでいる。

「ああ、先生、指を入れて……」

「で、できませんよ」

「うちの人と全然してないの。だからもう……」

美里が物欲しそうに、ぐいっと腰を押しつけてきた。

仕方がない。薬指と中指とまとめて押し込むと、ぬるっとした粘膜が包み込んできて、

「あっ……！」

美里ががくんと顔をのけぞらせた。

ショートヘアのくっきりした顔立ちをしている。その男好きのする人妻が、もっとかき混ぜてとばかりに腰を揺すりあげる。

ぐちゅ、ぐちゅ、ぐちゅっ——。

指がどろどろに蕩けた膣肉をかき混ぜる淫靡な音が教室に響く。

そして、美里はもう勃起をしごくこともできなくなって、崇士に凭《もた》れかかり、びくっ、びくっと身体を震わせている。

「ぁああ、ダメっ……もう、待てない」

美里はジーンズに手をかけ、パンティとともに腰を振りながらおろして、足先から抜き取った。

上は水色のTシャツで、下はすっぽんぽんの生まれたままの姿だ。

もし今、人が入ってきたら、どう言い訳するのだろう？　きっと、先生に襲われたとでも言うのだろう。それに、森田千鶴がそろそろ偵察から戻ってくる頃なのだが。

「こっち……」

美里が腕を引いて、最前列の生徒の机に仰向けに寝た。

ここは、佐伯ゆかりの席だ。彼女のかわいい顔が脳裏をよぎった。

(いくら何でもマズいだろう)

だが、欲情しきった人妻には、関係ないようだった。

「早くして！　あの写真を公開するわよ。何度も言わせないで！」

崇士の手をつかんで、自ら足を開く。

すごい光景だった。

生徒の机に載った無防備にさらされたむちむちの下半身が、カーテンから射し込む日射しで白く光っている。

そして、M字にひろげられた足の中心には、漆黒の翳りとともに、淫らな女の花が開いていた。

「早くぅ！」

美里が小さな机で上体を起こし、崇士の肉棹をつかんで、太腿の奥に導いた。

恥知らずにそそりたっている肉茎を前にしては、言い訳などできなかった。

(ええい、どうにでもなれ！)

切っ先を押しあてて、ぐいと腰を入れると、狭いところを分身が突破する感覚があって、

「ぁああっ……」

美里が喘いで、右手を口にあてた。

「くうぅ」と、崇士も奥歯を食いしばっていた。

温かくて、締まりのいい肉路が硬直にからみついてくる。しかも、それはうごめくようにして波打っている。

「動かして……お願い」

美里がすがるような目を向ける。

（もう知らないぞ。どうなっても知らないぞ）

崇士は自暴自棄で、腰を叩きつけた。

机の高さは、崇士が立って挿入するのにちょうど良かった。

美里の足を曲げた形で上から押さえつけ、たてつづけに腰を躍らせた。ぐさっ、ぐさっと肉棹が女陰に嵌まり込み、

「ああ、いい！……あんっ、あんっ、あんっ……」

美里が声をあげる。

「す、すみません、声を……」

「ああ、そうね、ゴメンなさい」

美里は手の甲を口にあてた。ぐいぐいとえぐり込むと、小さな机から美里は落

ちそうになって、あわてて机の端をつかんで体勢を持ち直した。

ふたたび打ち据えると、Tシャツの胸が波打ち、持ちあがった足も揺れて、

「んっ、んっ、んっ……」

美里は必死に声を抑えている。

そして、腰をつかいながら、崇士は思った。

(ああ、気持ちがいい！)

オチ×チンが蕩けていくようだ。目を瞑っても、瞼の裏にはカーテンから射し込んだ一条の光が映っている。

「んっ……んっ……ぁああ、イッちゃう。わたし、もうイッちゃう！」

さしせまった声にを目を開くと、美里が両手で机の端を鷲づかみにして、いっぱいに喉元をさらしている。

(ええい、イカせてやれ！)

こんなときこそ、男の本能が目覚めるものらしい。たてつづけに腰を打ち据えると、

「あっ……あっ……イクぅ……くっ！　あっ……あっ……」

美里が胸をせりだして、のけぞるようにして、がくん、がくんと震えた。

そのとき、フラッシュが光った。

エッと思って斜め後ろを見ると、いつの間に入ってきたのか、千鶴が立っていて、スマートフォンの画面を前で見ながら、シャッターを押していた。

「ふふっ、もう一枚」

ふたたび白い光が爆ぜて、崇士はあわてて顔を手で覆った。

4

保健室で、崇士は絶望的な気分で「ご奉仕」をしていた。

保健室は養護教諭も帰り、今まだ教師たちが残っている職員室からは離れたところにあるので、声が漏れる心配をさほどしなくて済んだ。

千鶴は下半身を剝き出しにして、診察椅子に腰をかけ、足をひろげている。そして、崇士はその前にしゃがんで、股間を舐めている。

一方、美里は崇士の後ろから手を伸ばし、いきりたつものをしごいていた。

「まったく、ちょっと目を離したら、美里さんと……信じられないわ。よくそれで教師が勤まるわね」

千鶴が憤懣《ふんまん》やる方ないといった様子で言う。

美里に誘われたのだが、そういう言い訳が通用する相手ではなかった。

「ほら、いい加減に舐めないで。もっと、真剣にやりなさいよ」

崇士はちらりと千鶴を見あげ、いっそう丹念に舌を走らせる。

千鶴は両足をあげているので、あらわになった恥肉がぱっくりと開いて、内部の赤みがのぞき、そこに何度も舌を走らせる。

密林のごとく生い茂った恥毛が渦を巻き、蘇芳《そほう》色の縁取りのある陰唇がよじれながらひろがっていた。

「あんっ……！」

舐めあげていき、その勢いのまま上方の肉芽をピンと弾くと、
千鶴はビクッと下腹をせりあげる。

「そう、そこよ。そこをもっと……」

こうなったら、高飛車な女に感じさせることでしか、今の打ち砕かれた男のプライドは戻りそうもなかった。

左右の指を恥丘にあてて引っ張りあげると、つるりと皮が剝けて、小さな肉真珠が現れた。瑪瑙《めのう》色にぬめる本体を舌でれろれろと転がすと、

「んっ……あっ……あっ……それ……」

千鶴は下腹部をぐぐっと突きあげて、「くっ、くっ」と喘ぎを押し殺す。

美里は夫とセックスしていないと言っていたが、きっと、千鶴もセックスレスなのだろう。それで、身体が疼いているのだ。

まったく、亭主族は何をしているのだ？　妻ときちんとセックスしないから、こちらが割りを食うのだ。

おかめ顔をした赤い突起を舌で横に撥《は》ね、上下になぞる。

じゅくじゅくと蜜が滲みでて、チーズ臭に生牡蠣に似た風味が混ざり、息を吸うたびに、いやらしい気持ちが増してくる。

そして、千鶴は「あっ、あっ」と声を洩らし、腰をもどかしそうに揺らめかせる。

「いやねえ、先生。ガマン汁がいっぱい出てきた。いやらしい音がする」

耳を澄ますと、美里が指を上下動させるたびに、ネチッ、ネチッと淫靡な音が聞こえる。

「ああ、もうダメっ……来て」

千鶴が立ちあがって、崇士をベッドに導く。

上半身はノースリーブのブラウス、下半身は丸出しという格好でベッドに這い、ぐっと尻を突き出してきた。

「バックからが好きなの。先生、来て！」

崇士がためらっていると、振り返って言った。

「美里さんを犯しているあの写真、みんなに流すわよ」

それだけは勘弁してほしい。教師人生が終わる。

崇士はベッドにあがり、挿入しようとしたが、今脅されたせいか、肝心のものが勢いを失くしていた。

「ダメねえ、男の人って。すぐに、意気消沈しちゃうんだから……そこに座って」

美里が言って、崇士をベッドの端に腰かけさせた。床にしゃがんで、頬張ってくる。

なめらかな舌がまとわりつくと、力が漲る感覚があり、そこを唇でしごかれると、一気に怒張してくる。

（ああ、俺はいったい何をしてるんだ？）

怒張を吐き出した美里に、「いってらっしゃい」と尻を叩かれる。

崇士は、千鶴の背後で膝を突いた。

きゅっとくびれた細腰から発達したヒップが張り出し、その野性的なラインに劣情をかきたてられた。

「行きますよ」

「……来て！」

ぐいと腰を突き出すと、切っ先が女の細道を押し広げていき、

「ぁああ……入ってきた」

千鶴が顔を後ろに撥ねあげた。

美里とは全然感触が違った。熱いと感じるほどの粘膜がまったりと分身を包み込んできた。

抜群の包容力だ。濡れた粘膜がぴったりと吸いついてくる。ぐっとこらえていると、

「ぁあん、焦れったい……」

千鶴が自分から腰を前後に揺すりだした。

それに合わせて、崇士も律動を開始する。もう、どうにでもなれという気持ちだった。

かるく抜き差しするだけで、

「んっ……んっ……ぁああ、蕩けてくわ。あそこが蕩けてく……」

千鶴が心底から気持ち良さそうな声をあげるので、崇士もその気になった。

急峻なカーブで突き出した尻をつかみ寄せて、ぐいぐいとめり込ませていく。

よく練れた肉襞がからみついてきて、それを押し退《の》けるように徐々に強く腰を打ち据えると、

「あっ……あっ……はうぅぅ！」

千鶴はベッドの白いシーツを鷲づかみにして、顔をのけぞらせる。

（感じてるじゃないか。何だかんだ言って、こんなに感じてるじゃないか）

さっきまで高慢だった女が、ひと突きするたびにか弱い女の声をあげる。

唸りながら打ちつけると、

「あっ……！」

千鶴ががくがくっと前に突っ伏していった。

崇士は覆いかぶさっていき、腕立て伏せの形で、尻に向かってめりこませた。

ぶわわんと分厚い尻の肉が押し返してきて、気持ちがいい。

閉じられたベージュのブラインドが昼の太陽を受けて、ほんのりと明るくなっていた。

（俺は、生徒が手当てを受けるこの保健室で、その母親と……！）

腰を止めると、千鶴がぐっと尻を突きあげて、訴えてきた。

「ああん、つづけて。お願い、つづけて！」

腹這いになった千鶴の肩から手をまわし込んで、ぐいと引き寄せながら、屹立を叩き込んだ。

「あっ……ぁあああんん……」

喘ぎ声がして、ハッとして見ると、美里が椅子に座って足を開き、指を股間に押し込んでいた。

こちらを潤んだ瞳で見ながら、Tシャツ越しに乳房を揉みしだき、下半身丸出しの格好で足を大きくひろげて、翳りの底に二本の指を叩き込んでいる。

（あり得ない。こんなこと、あり得ない）

新任教師としてこの学校に赴任して一年半、いろいろとミスはしたものの、何とか無難に過ごしてきた。

なのに、いきなりこれか……。

「うおおおぉぉ……！」

崇士は吼えながら、自棄糞《やけくそ》で勃起を打ち込んだ。

「ぁああ、ぁああ……いい……。イキそう。イキそうなの。強く、もっと強くちょうだい！」

黒髪を背中に張りつかせた千鶴が、顔の下にあるビニールのかぶせてある枕を両側から鷲づかみにして、さしせまった声を放った。

「イッてください」

渾身の力で下腹部を尻に叩きつけ、その底の膣肉を勃起でえぐった。

「あんっ、あんっ、あんっ……イク、イクわ……来るぅ……やぁあああぁぁぁぁぁ、はうっ！」

千鶴が顔をのけぞらせて硬直し、それから、がくん、がくんと躍りあがった。オルガスムスの痙攣が終わり、千鶴はがっくりと臥せって、少しも動かなくなった。

崇士はゆっくりと接合を外す。引き抜くはなから、肉棹がバネでも仕掛けてあるようにぶるんっと頭を振った。

蜜まみれになりながらも、逞しくいきりたっているイチモツに引き寄せられるように、美里がやってきた。

「千鶴さん、もういいでしょ？　邪魔よ」

先輩のはずの千鶴をベッドから追い立て、崇士を仰向けに寝かせた。自分もベッドにあがり、腰をまたいでくる。

上はTシャツだけで、下半身が剝き出しという格好は、とにかくいやらしかった。

千鶴と較べるとすらりとした足を開き、蹲踞の姿勢で腰をおろして、いきりたつものを割れ目になすりつけた。

それから、ゆっくりと腰を沈めてくる。

「ぁあああっ……」

「おおぉぉ……」

二人はほぼ同時に声をあげていた。

きつきつの膣が肉棹をきゅっ、きゅっと締めつけてくる。

千鶴はまったりと包み込んでくる感じだが、美里のそれは強く締めあげてくる感じだ。

「ぁああっ、先生のちょうどいいの。大きさも形もぴったりよ。ああ、ああんん……いい……いいの……あっ、あっ……」

美里が腹の上で踊りはじめた。

両足をM字に立てて、腰から下をぐいん、ぐいんと振って、濡れ溝を擦りつけてくる。

そのたびに、崇士のイチモツは窮屈な肉路に揉みしだかれて、甘い快感がうねりあがってきた。

「あんっ、あんっ、あんっ……」

美里が甲高い声で喘いで、それから、

「ぁあぁ、ぁあぁ……」

と、一転して低い声を絞り出す。その落差が、ひどく卑猥だった。

それから、美里は腰を縦につかいはじめた。前に両手を突いて、尻を高々とあげて、最高地点から落とし込んでくる。

切っ先が子宮口にぶちあたって、美里は「ぁああ」と低く獣じみた声を洩らし、腰をぶんまわした。

「ぁああ、ぁああ……たまらない。いいのよ、良すぎる……」

美里が少し腰をあげたので、そこに向かって下から突きあげてやった。にゅるっと奥まで嵌まり込んで、

「あはっ……」

美里が悩ましい声をあげた。

「ぁああ、そのまま突きあげて。お願い」

崇士は猛烈に下から腰を撥ねあげた。もう、限界だった。甘い愉悦がじゅわっ

とひろがって、抜き差しならないものに変わっていた。
「ああ、イキますよ。イキます」
「ぁああ、ちょうだい。イク、美里もイッちゃう……あっ、あん、あんっ、ぁあ
あんんっ……」
美里も自ら腰を縦に振った。
ぐいと突きあげたとき、美里が腰を沈めてきたので、スパークするような衝撃
が走り、
「ぁあああ、イクぅ……あっ、あっ……」
美里が昇りつめて、びくん、びくんと全身を痙攣させる。もうひと突きしたと
き、それが爆ぜた。
下半身がダイナマイトで爆発したような衝撃が響きわたり、崇士は唸りながら
痙攣した。
圧倒的な快感が背筋を貫き、放出を終えたとき、崇士は脱け殻になっていた。

第三章　女教師の甘い教え

1

保健室での情事を終えて、先に美里と千鶴が部屋を出た。

少ししてから自分もと思っていたとき、保健室を出たすぐの廊下で、二人が誰かと立ち話をしている声が聞こえてきた。

（えっ……誰と話しているんだろう？）

急に不安感が増してきた。

いずれにしても、今ここを出るのはマズい。じっと息を凝らして、人の気配が消えるのを待っていると、足音が近づいてきた。

ひとりだ。ということは？

次の瞬間、保健室のドアがスライドして、女教師が入ってきた。半袖のブラウスにボックススカートというシンプルな格好で、黒縁のメガネをかけた三十三歳の中堅教師・伊吹舞子《いぶきまいこ》だった。四年生の担任をしているから、高橋美里と親しいのだろう。

舞子先生には、昨年新任でこの学校に来てから、何かとお世話になっている。どういうわけか、舞子はまだ右も左もわからなかった崇士を、親身になって世話してくれて、わからないところを教えてくれた。

今、崇士が何とかやっていけているのも、伊吹舞子のお蔭だった。

舞子は、まさか崇士がいるとは思わなかったのだろう、メガネの奥の大きな目を見開いて、入口で突っ立っている。

崇士は何か言い訳をと頭を働かせるのだが、とっさに言葉が出てこない。

「さっき、ここから高橋さんと森田さんが出ていらしたんだけど……」

舞子が不思議そうに首をひねった。

「ああ、はい……ちょっと、お二人が気分が悪いと言うので、ここでしばらく休んでもらってたんです」

必死に誤魔化した。

「そう……?」

舞子は鼻をうごめかせて、眉をひそめた。

閉め切られた部屋に、女の発情臭とザーメンの匂いが籠もっていたのだろう。

「この匂い……」

舞子は窓のほうに歩いていき、窓を開けて空気を入れ換える。窓辺に立って、崇士を見た。

「三人で何をしていたの？」

「いえ……別に何も……」

舞子がベッドに視線をやった。ついさっきまで使用されていたベッドは、直したものの、明らかにシーツに皺が寄っているのがわかる。

「おかしいわね」

「……す、すみません」

「どうして、謝るの？」

「いや、それは、あの……」

崇士がしどろもどろになっていると、舞子が言った。

「……先生、帰りにちょっとお話ししましょうか？」

「ああ、はい……」

舞子がどこまで状況を理解したのかはわからない。だが、ここは言うことを聞いたほうがいい気がした。

「あの、先生。よろしいですよ、出られて……僕のほうで後はやっておきますから」

これ以上、舞子に情事の証拠を発見されるのが怖かった。

「そう……わかった。じゃあ、帰りにね」

舞子の後ろ姿が消えていくのを、崇士は複雑な気持ちで見届けた。

その夜、駅前にある居酒屋の個室で、二人は呑んでいた。

これまでにも、何度か相談に乗ってもらったことはあるが、今回はこれまでと違う。

オーダーしたものが全部来て、舞子は生ジョッキを持ってぐびっと呑んだ。顎があがって、ほっそりした喉が動く。

それから、ジョッキを置き、横を向いた。

ミドルレングスのボブヘアが顔の両側にさらりと垂れかかった顔は、黒縁メガネをかけて、いつも薄化粧しかしていないせいか、一見地味な感じだが、しかし、よく見ると、目鼻立ちのととのったきれいな顔をしている。

中肉中背だが、とにかく胸の大きさは目立つ。薄着になると、バストもヒップも立派で、いざ裸になったら、すごくグラマーなんじゃないか、と崇士は密かに思っていた。

今だって、ノースリーブの白いブラウスを持ちあげた胸のふくらみは、圧倒的なボリュームを見せている。なのに、肩からつづく二の腕はほっそりして、肌は白くむちむちしている。

そして、舞子はいまだ未婚だった。女教師が三十三歳で独身というのは、決して珍しいことではないが、噂によると、舞子は若い頃に男女関係で一悶着あったらしく、それが原因でいまだに結婚はしていないらしい。

その過去に興味はあるものの、相手は親切に面倒を見てくれる先輩教師であり、怖くてとても訊けなかった。

そして、舞子に関して、崇士だけが知っていることがある。それは、酔っぱらうと人が変わることだ。

舞子はみんなが集まっているところではほとんどお酒を呑まないから、学校関係者で、舞子が酔っぱらうとどうなるかを知っている者はいないだろう。

だから、今夜も舞子が酔わないうちに、何とかしたいのだが——。

舞子が顔をあげて言った。

「今日、保健室で何があったの？」

「だから、お二人が気分が悪くなったというんで……」

「わたしに、嘘はつかないで」

ビシッと言われて、崇士は身が引き締まった。

「別に、恩に着せるわけじゃないのよ。だけど、きみに対しては、親身になって接してきたつもり。だから、隠し事をしないで、包み隠さずに話してほしいの。何を聞いたって大丈夫よ、わたしは……」

「……そうなんですが……」

事実をあからさまにして、できれば相談に乗ってほしい。だが、いくら何でも、あれは……。ためらっていると、

「もしかして、きみ、保護者の派閥争いに巻き込まれてない？」

舞子がメガネの奥の大きな切れ長の目で、じっと見る。

図星だった。ああ、この人は自分をわかってくれている。見てくれている――。

その一言で、崇士はすべてを話そうという気になった。

「……驚かないでくださいよ。僕を軽蔑しないでください」

「大丈夫よ。話して」

「じつは……」

と、ＰＴＡ会議の後の懇親会で泥酔し、会長の指示で小林望美にアパートまで送ってもらい、そのとき、ついつい望美を抱いてしまった。

しばらくして、会長の芳野慶子に、そのとき撮られた、二人が明らかに情事の後とわかる写真を見せられた。

今思うと、おそらく罠だった。

脅されて、今回の通学路クリーン作戦に全面的に賛成して、その案は通った。

そして今日、草取りの奉仕作業の際に、高橋美里のお尻や森田千鶴のパンティをついついじっくり見てしまった。それを目撃されて、二人に口外すると脅され、教室と保健室で二人に誘われるままに――。

だが、それも今考えると、柴田珠実が仕掛けた罠だった。二人は最初からそのつもりで、崇士を誘惑した。そして、保健室でのセックスの写真も撮られた。

「だから、今どうしていいのか、わからなくて……」

すっかり白状すると、かえってその絶望的な状況がのしかかってきて、気持ちが軽くなるどころか、逆に重くなった。

「……最低！」

舞子が吐き捨てた言葉が、ぐさっと胸に突き刺さった。

（そうだ、俺は最低なやつだ。これで、教師なんておこがましい）

完全に打ちのめされていると、舞子が言った。

「きみも最低だけど、彼女たちもそれ以上に最低だわ……どうしたらいいのかしらね」

舞子が押し黙って、何かを考えている。

崇士はあまりのことに判断停止状態に陥っていて、何も浮かばない。

いつもは冷静で賢い解決策を提示してくれる舞子だが、さすがに、これという対策は容易には思いつかないのではないか？

舞子がジョッキの生ビールを呑んで、言った。

「その写真はもう回収するのは無理ね。とにかく、その写真がこれ以上出まわらないようにすべきね。そのためには、芳野派にも柴田派にもいい顔をして、怒らせないことね。でも、それも根本的な解決策にはならない……一番は、二人に仲直りしてもらうことね。二人の関係が改善すれば、何とかなるんじゃないかな」

なるほど。二人が仲良くなれば、崇士も助かるし、ＰＴＡの運営だって上手くいく。

さすが、伊吹舞子だ。

「二人が不仲になったのは、同じ学年の娘さんの問題よね」

「そうみたいです」

「……何とか考えるわ。すぐには対策を思いつかないけど……」

ジョッキの生ビールを呑み干して、

「もう一杯、いくわよ。きみも呑んじゃいなさいよ。チビチビ、チビチビ……男らしくないから、ナメられるのよ」

「……すみません」

自分が女々しくて、決断力も勇気もないことは、痛感していた。

舞子は呼び出しブザーを押して、従業員が来ると、生ビールを二杯頼んだ。

すぐに冷えた生ビールが来て、舞子はそれを一気に三分の一ほど呑んで、音を立ててテーブルに置いた。

ヤバい。目が据わりかけている。

舞子はジョッキを持って、座卓をまわり込み、崇士の隣に座った。

「ほんとうのきみは、もっと違うはずよ。息子って父親に似るって言うけど、きみのお父さん、確か、人材派遣のベンチャー会社を興《おこ》した人よね。すごく精力的な人らしいじゃないの」

「ええ……父はそうですね」

崇士の父親の亀山達生《たつお》は現在五十八歳だが、いまだに現役ばりばりで会社を拡張している。

確かに、父と較べると自分は出来が悪い。

「きみにも同じ血が流れてるんだから、自信を持ちなさい。だって、きみは生徒にも人気があるし、人に好かれるタイプだと思うわよ」

舞子はまたビールを口に含むと、横から崇士の顔を引き寄せ、あっと思ったときはキスされていた。

黒縁メガネのフレームがあたらないように顔を傾けて、唇を合わせながら、ビールを送り込んでくる。

呑まなければこぼれてしまう。

何が起こっているのか判然としないままに、崇士は少しずつ注がれるビールを喉に流し込んだ。

舞子は腕を崇士にまわし、ぎゅっと抱きしめながらも、崇士が呑めるように慎重にほんとうに少しずつビールを送り込んでくる。

この前、小林望美にも同じことをされた。もしかして、自分には女性に口移しを誘発する何かがあるのだろうか？

舞子の手がズボンの股間に伸びた。

あっと思ったときは、布越しにイチモツをさすられていた。

口のなかのビールがなくなっても、舞子は唇を離そうとはせずに、崇士の唇を様々な角度で吸いながら、分身を情熱的に撫でてくる。

こんなことを舞子がしたのは、もちろん初めてだった。

「うんっ……あっ……うんっ」

甘い吐息をこぼしながら、舞子は唇を重ね、舌を押し込んできた。

ぬめっとした肉片が入り込み、歯茎や口蓋をぬるっ、ぬるっと舐めてくる。

その間も、股間のものをしなやかな指がさすり、漲ってきたそれを、ズボン越しに握って、ゆったりと擦りあげてくる。

いったい何が起こって、舞子がこうしているのか、皆目見当がつかなかった。

だが、舞子の舌が口腔を這いまわると、ＰＴＡの人妻たちに感じたものとはまったく違う、甘く切ない思いが胸を満たした。

（これは何だ？　この熱い胸のときめきは？）

そうか、これまではっきりと気づかなかったが、自分はこの人が好きなのだ。舞子先生に惚れているのだ。

(どうして気づかなかったんだろう？　俺はバカだ)

崇士がブラウス姿をぐっと抱きしめたとき、舞子が腕を突っ張って、身体を離した。

「ゴメンなさい……わたし、何てことを……」

頬を赤らめた舞子は、立ちあがって崇士のもとを離れ、座卓の反対側に正座した。

「今のこと、忘れてね」

「……どうしてですか？」

「どうしてって……二人は同じ学校の教師なのよ。それに、わたしはきみより八歳も年上なの。こんなこと、許されるはずがないわ」

「そうは思いません」

「……バカね。真に受けたの？　わたし、酔っぱらってたから……酔っての過ちなの。ほんとうに単純なんだから。だから、女に騙されるのよ」

舞子の言葉が、崇士には痛い。だいたい、誘ってきたのは舞子なのだから。こちらをその気にさせておいて、いざとなったら拒むのは、ひどすぎる。

「きみの状況はよくわかったから。何か対策を考えておきます。さあ、食べて。今夜は早めに帰りましょ」

つれなく言って、舞子はテーブルの料理を口に運びはじめた。

2

夏休み中に開かれたＰＴＡの定例会議で、十月に行なわれる運動会が議題にのぼった。

運動会ではＰＴＡ役員は、準備から後片付け、ＰＴＡ種目の運営などもしなければならず、ＰＴＡにとっては一大イベントだった。

ＰＴＡ種目はいつもスプーンリレーでＰＴＡ役員が競い合い、子供たちの熱い声援で盛りあがる。

その際に、母親がセーラー服などのかつての母校の制服を、父親も学生服を着て、競技をしたらどうかという案が、柴田珠実から出されたのだ。

これで、ＰＴＡ会議が紛糾した。

本部役員が強く反対した。

出場者の負担が大きすぎる。セーラー服を持っていない人もいるだろうし、だいたい、この歳でセーラー服を着ても滑稽なだけだと——。

崇士もさすがに今回の案には賛成しかねた。

正直なところ、芳野慶子のセーラー服姿には萌えるだろう。だから、見てみたいという気持ちはあるが、しかし、父親の学生服はいいとしても、母親のセーラー服は強制したら問題になりかねない。

一時休憩があって、崇士はトイレに立った。小便をしてトイレを出たところに、会長派の小林望美が待ちかまえていた。

「先生、絶対に反対ですよね。おわかりになっていますよね？」

接近して言われて、崇士は、ええ、ご安心くださいと答えた。

廊下を視聴覚教室に向かって歩いていくと、森田千鶴がやってきて、腕をつかまれ、教室に引きずり込まれた。

「先生、さっきの提案、当然賛成ですよね」

そうせまられて、口ごもっていると、千鶴はスマートフォンを取り出して、例の画像を見せた。

崇士が、教室の机で高橋美里とセックスをしている姿が、鮮明に映っていた。

「賛成よね？」

千鶴にぐいとズボンの股間をつかまれて、

「は、はい……」

崇士は思わず答えていた。

「なら、いいのよ」

千鶴が教室を出ていく。

大変なことになった。両者に賛成することを安請け合いしてしまった。

にっちもさっちもいかなくなって、崇士は会議の場をエスケープした。今日の会議は教頭も出ていたので、教頭に、腹痛がひどくなったので病院に行ってきますと嘘をつき、逃げるように教室を後にしたのだ。

職員室を出て、崇士は愛車に乗った。とにかく、学校を離れたかった。

このまま、自宅アパートに戻るのは、ちょっと怖かった。

どちらかが、途中退席したことで、怒鳴り込んでくるかもしれない。

どこへ行こうか？　そのとき、ふと頭に浮かんだのが、伊吹舞子のマンションだった。

これまで行ったことはないが、職員名簿で住所はわかる。

二十分ほどで、車は舞子の住むマンションに到着した。マンションの客用駐車場に車を停めて、マンションに入っていく。

五階建ての外壁をレンガで覆われた瀟洒なマンションの、四階の五号室に舞子は住んでいるはずだ。

エレベーターで四階にあがり、四〇五号室の前で立ち止まり、ひとつ深呼吸した。居てほしいが、居なかったらそれも運命。仕方がない。

インターフォンを押すとしばらくして舞子の声が聞こえ、名前を言うと、ドアが開いた。

「どうしたの?」

だぼっとした部屋着のノースリーブのワンピースを着た舞子が、怪訝な顔をして立っていた。

「すみません。どうしても相談がしたくて、失礼だとは思ったんですが、来てしまいました。あの、さっきまでＰＴＡの会議をしてたんですが、そこでいろいろとありまして……」

「……わかったわ。入って」

舞子はあっさりと部屋に通してくれた。

舞子が在宅していたことに感謝しつつ、玄関で靴を脱いで、後をついていく。

崇士と同じ2DKの間取りだが、部屋の造りも広さも全然違った。

さすがに、十年も教師をつづけていると、違うんだな——。

リビングのソファに肩を落として、座っていると、舞子がウイスキーの水割りセットを用意して、水割りを作りはじめた。

「少しお酒が入ったほうが、口もなめらかになるでしょ？　きみは素面《しらふ》だとなかなか思っていることが言えないものね……わたしも呑むから」

勧められるままに、ウイスキーを口にした。美味しくて呑みやすいスコッチだった。

すぐ隣に座った舞子も速いピッチで水割りを空ける。

「話してみて」

さっき学校で起こった件を報告すると、舞子の顔が苦虫を嚙みつぶしたような表情になった。

「困ったわね」

フーッと溜息をつく。

「はい……とことん困り果てました」

舞子が水割りを作ってくれるので、なかば自暴自棄になっている崇士は酔ってすべてを忘れたいという気持ちもあって、ハイピッチで呑んだ。

舞子ももともと呑兵衛なので、いったん呑みはじめると、止まらない。

「とにかく、両者が仲良くなってくれるのが一番よね。そのために、何をすべきかよね」

舞子がメガネを外して、テーブルに置き、目と目の間、鼻の上のほうをつまんで、ぎゅっと目を閉じた。

目が疲れているのだろう。

目頭から指を離した舞子を見たとき、ドキッとした。いや、見とれたと言っていい。

メガネを外した舞子の顔をこれだけじっくり見るのは初めてだった。

目はぱっちりとしているが、目尻がスッと切れあがっていて、妖艶だ。鼻筋も通り、唇はぽっちりとして肉厚、いつも濡れているようで、時々半開きになるのがすごく色っぽい。

もともときれいだとは思っていたが、こんなにセクシーになるとは——。

「何、どうかした？」

舞子が怪訝な顔をした。

「いや、すみません。舞子先生、メガネを外すと、すごい美人だなって……」

「バカなことは言わないで。それに、メガネを外すと、ってことは、してるときはブスだってことでしょ？」

「違いますよ。メガネしてるときも素敵です。でも、外すと、ますます……」

「やめて。こんなときに、何考えてるのよ」

口を尖らせながらも、舞子は心から怒っているようには見えなかった。照れ隠しのように水割りをもう一杯作って、ごくっと呑んだ。

舞子はもうメガネをつけようとはしなかった。この頃から目がとろんとして、明らかに潤んできた。態度も変わってきた。

「まったく意気地がないんだから。事なかれ主義で、きちんと自己主張しないから、保護者にナメられるのよ」

口ではそう言いながらも、さり気なく、崇士の太腿に手を置いている。

ゆとりのある生地の薄いノースリーブのワンピースを着ているので、胸元からおそらくノーブラだろうオッパイがちらちらと見えている。

屈むと、真っ白でたっぷりとした乳房がのぞいてしまい、どうしても、そこに目が向かってしまう。

「思ったんだけど……言っていい？」

「はい……」

「きみは奥様連中と寝てるわけでしょ？　だったら、セックスで彼女たちをめろめろにしてしまえばいいんじゃないの？　きみに逆らえなくしてしまえば。つまり、きみが彼女たちのご主人様になればいいんじゃない？」

　まさかのことを言って、舞子は太腿の手をすべらせて、股間に触れ、ふくらみをさすりはじめた。

　今、舞子は欲望に駆られているのだと思った。それで、きっとこんな突拍子もないことを言い出すのだ。

　舞子が立ちあがって、ソファの前にしゃがんだ。

　ズボンのベルトをゆるめながら言った。

「冗談で言ってるんじゃないのよ。いい、女はね、セックスの強い男を尊敬するものなの。自然に言うことを聞くようになるの。でも、きみはたぶん、セックス上手くないでしょ？　どうなの、ほんとうのことを言って」

「たぶん、上手くないと思います。自慢できるとしたら、持続力だけ、かな」

「そうなの？」

「ええ、たぶん……なかなか出ないんです」

「それって、すごい武器になるわ。あとは、テクニックじゃないの。いいわ、教えてあげる」

舞子はまるで童貞に言うようにやさしく言って、ズボンとブリーフに手をかけて、一気に引きおろし、足先から抜き取っていく。

ぶるんとこぼれ出てきた分身は、恥ずかしいほどにそそりたっていた。

「あらっ、すごいじゃない、きみの……こんなになって。いつもこうなの？」

舞子がキラキラした目で見あげてくる。

「いえ、いつもは……きっと、舞子先生が好きだからですよ。最初は感謝の気持ちでしたけど、今はそれだけじゃなくて、先生を……」

愛情を込めて見つめると、舞子は照れたように視線を切って、イチモツに顔を寄せた。

いきりたつものを握って、先端にちゅっ、ちゅっとキスをした。それから、尿道口に沿って舌をちろちろと走らせる。

鈴口を指でひろげて、そこに唾液を落とし、ねっとりと舌先で塗りつけてくる。

「おっ、あっ……」

内臓をじかに舐められているような感覚に、足が突っ張った。

舞子はまったりとした舌を円運動させて、唾液を亀頭部になすりつけると、今度は雁首の出っ張りを下から撥ねあげるようにする。

そのたびに、快感が走った。

とても上手かった。

崇士が赴任してから、舞子に浮いた噂はまったくなかった。若い頃に男女関係で苦労したことがあるという噂だから、きっとその頃に男と深いつきあいをしてこんなに上達したのだ。

舞子は指を離して、亀頭部に唇をかぶせ、一気に根元まで咥え込んできた。

陰毛に唇が接するまで、屹立を自ら押し込んで、その状態で舌をからませてくる。

「ぁああ、おおぉぉ……」

あまりの気持ち良さに、天井を仰いでいた。

目を瞑ると、よく動く舌が亀頭冠の真裏をぬるぬると刺激してくるのが、はっきりとわかる。

唇がゆっくりと引きあがっていき、今度は雁首のくびれを中心に素早く往復する。

「あっ、そこ……」

ジーンとした痺れが快感に変わり、頭のなかがピンクの霧に覆われた。

「そんなに気持ちいい？」

舞子が吐き出して、見あげてくる。

「はい……すごく」

「こっちにいらっしゃい」

舞子が立ちあがった。

3

寝室のベッドで、全裸で仰向けになった舞子を、崇士は愛撫していた。

唇へのキスを終えて、首すじにキスをおろしていくと、舞子が言った。

「腕を、わたしの腕をあげて、押さえつけてみて」

「……こうですか？」

舞子の両腕を両手で顔の両側にあげた。

「そう……そのまま、もう一度キスをして……」

「いいですけど……」

「女性は何もできなくなるでしょ。この男に身を任せるしかない、って思い切れるのよ。女はね、男に身をゆだねた瞬間、あそこが濡れるの」

舞子が潤んだ瞳で見あげてくる。

どうすれば、女が感じるのかを、身をもって教えてくれているのだ。

崇士は腕を押さえつけたまま、ふたたび唇にキスをする。唇を合わせていると、舞子の口がひろがり、舌が差し出される。

細い三角形の肉片を、崇士はねぶる。

身を任せていた舞子が、今度は自分から舌をつかいはじめた。

ねっとりとした舌がからみあい、卑猥なダンスを踊り、舞子はくぐもった声を洩らしながらも、情熱的に舌を求めてくる。

(ああ、これが大人のキスなのだ)

キスを終えて、崇士は欲望の赴くまま、顎から首すじへと舌を這わせた。

「ああああ、ぁあああぁぁ……」

それだけで、舞子は胸をせりあげ、身をよじる。

「腋を舐めて。腋の下を舐めて」

舞子が言う。うなずいて、崇士は顔を横にずらした。

舞子の腋窩《えきか》がさらされていた。

二の腕にかけて微妙な筋を立てながら、ひそやかな窪みには腋毛はなく、つるつるだった。

顔を寄せると、仄かな汗と体臭が甘く籠っていて、これが舞子の匂いなのだと思うと昂奮してくる。

秘密めいた匂いを吸い込みながら、窪みにキスをすると、

「あっ……あっ……」

舞子が敏感に反応する。

(そうか、ここも性感帯のひとつなんだな)

左腕を完全に万歳の形で押しあげ、あらわになったそこを舐めた。

ねろっ、ねろりっと舌を這わせると、わずかにしょっぱい味がして、

「ぁああ、ぁあああ……いやっ」

舞子が女っぽい声をあげて、身をよじった。

(色っぽすぎる)

教壇に立っているときの伊吹舞子からは想像もできないその仕種に、頭のなかで射精が起こった。

腋を舐めているうちに、そこが唾液でべとべとになってくる。今度は頬張った。あむあむと唇で挟むようにすると、

「あんっ……あんっ……」

かわいい喘ぎがあふれる。

そのまま、二の腕にかけて舐めあげていく。舌をいっぱいに出して、柔らかな腕に舌を這わせていくと、

「はうぅぅぅ……」

舞子が顔をのけぞらせた。

「感じますか？」

口を二の腕に接したまま訊くと、

「ええ、感じる。ぞくぞくするの」

答えて、舞子はとろんとした目で崇士を見る。

そのまま今度は腕を舐めおろしていき、もう一度、腋窩にちろちろと舌を走らせた。くすぐるように舌をつかうと、「あっ、あっ」という声とともに、びくん、びくんと身体が震える。

「ねえ、胸を……胸を、お願い」

舞子がさしせまった声で訴えてくる。

両手を離して、大きな乳房を下から持ちあげるようにして揉み込むと、たわわな乳房がたわみ、形を変える。

上の直線的な斜面を下側のふくらみが押しあげた理想的な形をしているが、おそらくFカップくらいだろう。まるでグレープフルーツを二つつけたようだ。

しかも、乳肌が透け出ていて、青い血管が幾重にも枝分かれしているのが、はっきりと見える。

大きい分、乳暈も面積がひろいが、それと較べると乳首が小さめだ。そのピンクがかった乳首にしゃぶりついた。なかで舌をつかうと、

「んっ……あっ……あうんん」

泣いているような声を洩らす。

乳房を預けて愛撫されながらも、舞子は両手をあげたままで、頭上で右手で左手首を握っている。

まるで、フラメンコのダンサーのように女の人が腋の下をあらわにする姿が、こんなに色っぽいとは。

「ねえ、反対のほうもして……そっちのほうが感じるの」

舞子が言った。

今吸っているのは、向かって左側の乳首だ。今度は右側の乳首に貪りついた。

たわわな感触を伝えてくる乳房を揉みあげながら、突起に舌を走らせる。

上下に舐めて、左右に撥ねると、ピンクがかった乳首が一気に膨張してきて、

「あん……それ、上手いわよ。根元のほうを指で……」

言われたように、右手の指で乳暈から根元をつまんで、圧迫しながら左右にねじると、

「ぁあああああ、くうぅぅぅ」

舞子が顔をのけぞらせた。

また、しゃぶりついて、無我夢中で舐めしゃぶった。舞子が言った。

「ちょっと、待って……お手本を見せるから、学んで。どうやったら、乳首が感じるか」

崇士が顔を離すと、舞子が乳首をいじりだした。

左右の指でそれぞれの乳首を親指と中指で挟んで、くりくりっと転がした。そうしながら、人差し指で頂上を引っ掻くようにする。

「……んっ……あっ……あっ……」

くぐもった声を洩らし、舞子は乳首をきゅっーと引っ張りあげた。

そこで、素早くねじり、かるく圧迫した。

「ぁあああ、ぁあああ……恥ずかしいのよ。きみに見られて、ほんとうはすごく恥ずかしいのよ……ああん」

腰までがじりっ、じりっともどかしそうに横揺れしだした。

顔を上気させた舞子が潤みきった目を向けて言った。

「わかった？　だいたいわかった？」

「はい……だいたい」

「じゃあ、吸って。舐めて、お願い……」

崇士は片方の乳首を頬張り、かるく吸った。

それから、舌をからめながら、もう一方の乳首をさっき見たことを思い出しながら、指でくにくにとこねる。

硬くしこっている乳首が指の間でひしゃげた。トップを指腹で擦ると、

「ぁあああ、それ……両方一緒がいいの。一緒にされると、へんになる。へんになっちゃう……ぁあああん……」

舞子は下腹部をいやらしく突きあげては、

「ぁあ、恥ずかしいわ……腰が動くの。動いちゃうの……見ないでね、見ないでね」

顔をそむける。

翳りの底に手を押し当てると、そこがぐちゃぐちゃに濡れているのがわかった。

「恥ずかしいわ、いっぱい濡れてるでしょ？」

「ええ……すごく濡れてます」

「……ひさしぶりだからだわ、きっと……」

そうか、やっぱり思ったとおり、舞子さんには恋人はいないんだ——。

（だったら、この俺が……！）

そぼ濡れたものを感じながら、右手の指で狭間を擦りあげると、それがくちゅっとほどけて、

「あんっ……！」

舞子が低く呻いた。それから、訴えてくる。

「ねえ、舐めて……そこを舐めて」

待ってましたとばかり、崇士はすらりとした足の間にしゃがんで、両膝を開きながら、ぐっと持ちあげた。

「ぁああん……もう……」

舞子が恥ずかしそうに顔をそむけた。

長方形に手入れされた陰毛が張りつくその下に、女の証が口をひろげていた。

左右対称の陰唇がよじれながらひろがって、その狭間に鮭紅色のぬめりが顔をのぞかせている。

そんなに女を知っているわけではないが、きれいなオマ×コだった。

そして、赤い内部は蜜に濡れて、きらきらと光り、透明なしずくが尻に向かってしたたっていた。

魅入られるように、しゃぶりついていた。

狭間に沿って舌を這いあがらせると、ぬめっとした粘液が舌にまとわりついてきて、

「ぁあああぁ……」

舞子が顔をのけぞらせた。依然として、両手は頭上にあげたままだ。

中心部ばかりを舐めていると、舞子が言った。

「脇のほうも感じるのよ。陰唇のすぐ外側はすごく感じるところなの」

「……どこですか？」

「やってみるわね。よく見てて」

舞子が手を伸ばして、陰唇を中央に寄せ、すぐ横のあらわになったピンク色の肌を指でなぞった。尺取り虫みたいに指を走らせて、

「あっ……あっ……」

と、鼠蹊部をひくつかせる。

舞子は反対側のサイドも同じように撫で、それから、陰唇をつまんですりすりと指で擦り、縁の色づいた部分をすっ、すっと指でなぞって、

「あっ……あっ……ここが感じるのよ。あっ、あっ……」

下腹部をぐいぐいせりあげた。すると、蜜がじゅくじゅくとあふれて、涙のように会陰部へとしたたった。

「どう、わかった?」

「はい……わかりました」

そう答えながら、崇士はいきりたつものを握って、しごいていた。

まるで、舞子のオナニーを見ているような気がして、ひどく昂奮していた。

「じゃあ、クリちゃんもするからね。見ていて」

細くて長い指が二本恥丘のほうから、陰核の両側に伸びて、そこをマッサージしはじめた。陰核の両サイドを波打たせ、きゅっとそこを引きあげる。

つるっと包皮が剝けて、ルビー色の本体が現れた。

濡れた宝石のようにぬめ光る小さな突起を、舞子は右手の指を舐めて濡らし、ゆるゆるとまわす。

「あっ、あっ……あああん……あああんん」

高音からいきなり低い声になり、艶《なま》めかしく喘いで、また包皮をかぶせた。

全体をかるく圧迫しながらくにくにと擦り、下腹部をせりあげて、指にクリトリスを押しつける。

「ああ、もうダメっ……崇士、舐めて。舐めて……」

訴えてくるので、崇士は顔を寄せて、狭間に舌を走らせる。

と、舞子がまた二本指を引きあげて、包皮を剝いた。現れた肉の玉はさっきより大きく、光沢を増していた。

「ここを舐めて……やさしくね。ここはすごく敏感なところなのよ。男の亀頭部と同じくらい。だから、やさしく、丁寧に……」

心でうなずいて、崇士は愛情をこめて、赤い突起に舌を這わせる。静かに舐めあげ、ゆっくりと横に弾く。

舌が触れるだけで、舞子はびくん、びくんと腰を揺らして、声を押し殺してい

る。上下に舐めると、

「ぁああ、ぁあああ……」

気持ち良さそうな声をあげて、舞子が自分から恥丘を擦りつけてくる。その、くいっ、くいっという腰の動きがひどくいやらしかった。

「ああ、もうダメッ……欲しくなった。ゴメンね、欲しくなっちゃった」

舞子がとろんとした目で、崇士を見る。

涙ぐんでいるように潤んだ瞳には、男を求める女の欲望が浮かび、ふくよかな唇は赤く濡れ光っている。

4

「いいんですね？」

「ええ、ほんとうにいいのよ」

崇士は上体を起こして、膝をすくいあげ、そぼ濡れる狭間に屹立を押しつけた。

よく狙いをつけ、ちょっと腰を入れると、切っ先が入口を押し広げる感覚があって、よし、ここだと一気に腰を突き出した。

温かいものが分身を包み込んできて、

「ぁあっ……！」

舞子が顔を撥ねあげた。

（ああ、これが舞子先生のオマ×コか！）

夢を見ているようだった。奥へといくにつれて温かさを増した膣肉が、収縮しながら、硬直を柔らかく締めつけてくる。そして、肉襞がうごめいて、抽送を誘ってくる。

崇士は膝をつかんで開かせ、上体を立てたまま、ゆっくりと突いた。

まったりとからみついてくる粘膜を押し退けるように腰をつかうと、

「はぁああぅぅぅぅ……」

舞子は右手の甲を口許に持っていき、左手を彷徨《さまよ》わせて、最後は枕を後ろ手につかんで、顔を右に左に振った。

きっと、ひさしぶりだから、すごく感じて、自分でもどうしていいのかわからないのだ。そんなふうに見えた。

そして、崇士もひと擦りするたびに、言い知れぬ快感がふくれあがってきて、ストロークを加減しないと射精してしまいそうだった。

やはり、保護者を相手にしたセックスとは、自分の高まりが全然違った。

歯を食いしばって、打ち据えると、

「ぁああ、ぁああ……いいの。どうして、どうしてこんなにいいの？　ぁああぁぁぁ、あんっ、あんっ、くうぅぅ」

舞子が我を忘れる感じで、悦んでくれている。

「ぁああ、来て……抱きしめて」

舞子が両手を前に伸ばしてくる。

前に屈んで、身体を重ね、腕立て伏せの形で腰をつかうと、

「ぁあ、ぁああ……いいのよ。崇士、崇士……」

舞子は名前を呼んで、下から崇士を見あげてくる。そのちょっと眉根を寄せた、感じている表情と、すがってくるような目がたまらなかった。

「キスして……」

請われるままに唇を重ねていく。

右手を肩からまわし込んでぐいと抱き寄せると、舞子も貪りついてきて、二人は自然に舌と舌をからめあった。

ディープキスをしながら腰を打ち据えると、舞子は足をM字に開いて、「んっ、んっ」と声を洩らし、ぎゅっと肩にしがみついてくる。

（ああ、舞子先生も生身の女なんだ）

ますます気持ちが乗ってきた。

口をふさぎつつ、下の口もふさいで自身を突き入れる。それがこんなに気持ちいいことだとは――。

無我夢中で腰を叩きつけると、舞子はキスしていられなくなったのか顔をのけぞらせて、あん、あん、あんっと断続的に喘いだ。

それから、耳元で言った。

「この体位だと、あまり深くは入らないけど、クリちゃんが擦れて気持ちがいいのよ」

「はい……」

「今度は深く欲しいわ。体を立てて、わたしの膝を押さえつけて」

崇士は言われたように上体を立てると、舞子の膝裏をつかんで押しあげながら開かせる。

と、膣が上を向き、勃起の角度が合って、切っ先がぐっと奥まで嵌まり込むのがわかった。

「ああ、そうよ……子宮口にはポルチオっていうところがあって、そこを擦られると気持ちがいいの。突くんじゃなくて、押しながらぐりぐりして……それで感じる女の人も多いと思う。とくに、熟女さんはそう。でも、若い人はたぶん、Gスポットのほうが感じると思うの。わかるよね、Gスポットは？」

「ええ、それはわかります。天井のほうの、入口から数センチ入ったところですよね」

「そう……」

「あの、舞子さんはどっちが？」

「わたしは、どちらも感じるのよ。ああん、もう恥ずかしいじゃない」

舞子が頬を染めるのを見て、崇士はいっそう昂奮した。

（突くんじゃなくて、ぐりぐりとこねる）

崇士は両膝を開かせておいて、ぐいっと奥まで打ち込んだ。

そこで腰を回転させると、切っ先に扁桃腺《へんとうせん》のようにふくらんだ肉襞がまとわりついてきて、さらに切っ先に神経を集めると、先がちょっと固いものに触れているのがわかる。

（ここかな？）

亀頭部で押して、こねるようにすると、

「ああ、そこよ……いい。いいわ……ぁああ、ぁあああ、きみのが押してくる。いいところを押してくるぅ」

舞子が両手を開いて、シーツを鷲づかみにした。

崇士はいったん腰を引いていき、ずんっと打ち込んだ。子宮口まで届かせた状態で、思い切り腰を前後左右に振って、ポルチオをこねまわした。

すると、舞子の気配が変わってきた。

「あっ……あっ……」

もう声を出すのも億劫という様子で、びくん、びくんと裸身をよじり、顔をいっぱいにのけぞらせている。

下半身にもさざ波が走り、それが痙攣となった。

「ぁああ、オッパイを。オッパイをつかんで」

舞子が下から哀切に訴えてくる。

崇士は右手を足から離し、前屈みになって乳房を鷲づかみにして、揉み込んだ。

豊かな乳肉が指の下で弾み、押し返してくる。

(そうか、舞子さんは乳首が弱いんだったな)

指腹で乳首をこねながら、腰をつかった。

「ぁああ、いい……いいのよぉ」

「舞子さん、自分で乳首をいじってください」

「ああ、いやよ……恥ずかしいわ」

「いいから、してください」

なぜか、強気の言葉が自然に出てくる。

舞子が両手を胸前でクロスさせて、左右の乳首を愛撫しはじめる。指先に挟んでよじり、トップを指腹で叩く。

「あんっ、あんっ……」

びくん、びくんと震えるのを見て、今だとばかりに腰を打ち据えた。

つづけざまに抽送して、今度は浅瀬のGスポットを上反りした肉棹で擦りつける。

「ああ、それ、いい……浮いてしまう。身体が浮きあがるわ……ぁああ、ぁあああ……」

心底から気持ち良さそうな声をあげながら、舞子は自ら乳首をいじりまわしている。

こねまわし、押しつぶし、圧迫し、引っ張りあげる。

舞子が急速に高まっていくのがわかる。そして、崇士も追い詰められていた。突くのではなく、擦るを実践していると、亀頭冠への刺激が強まって、にっちもさっちも行かなくなる。

「ああ、舞子さん……もう……」

「ああ、わたしもよ。わたしもイキそう……最後は奥にちょうだいね」

うなずいて、崇士は腰を急ピッチで律動させる。腰を離して打ち込むのではなく、接した状態でスコスコと擦っている感じだ。

これがいいのか、舞子は両手を頭上に放りあげるようにして、片手の甲を口に持っていき、

「ぁあああ、ぁあああああ、いい……いい……奥に、奥にちょうだい」

息も絶え絶えに訴えてくる。

崇士もそうしたかった。子宮口まで届かせて、愛する女教師をとことん貫きたかった。

ずりゅっ、ずりゅっとつづけざまに奥に打ち込むと、

「あっ、あっ、あっ……はうぅぅぅ」

舞子が両手を開き、シーツを鷲づかみにして、顎を突きあげた。

乳房もせりあがり、仄白い喉元が完全にさらされている。打ち込むたびに、大きな乳房がぶるん、ぶるんと揺れた。

「おおぅぅ……」

吼えながら、今度は腰をぶんまわした。まわしながら、微妙にピストン運動を加えると、切っ先がポルチオを擦っているのがわかる。

「ぁああ、ぁああ……崇士、イク……イク、イッちゃう……！」

「いいですよ。僕もイキます。舞子先生、いや、舞子……そうら、イケ。イクんだ」

腰を突き出して子宮口を圧迫し、腰をまわしながら抽送し、ぐりっ、ぐりっと奥をこねると、

「ぁああ、ぁあああ……イク、イクわ……やぁああああぁぁぁ、はうっ！」

舞子がぐーんと上体を反らし、それから、何かが弾けたように、がくん、がくんと躍りあがった。

「おおぅ、先生……！」

膝をつかむ指に力を込めて、最後は連打した。亀頭冠に粘膜がからみついてきて、今だとばかりに奥まで届かせたとき、目眩く瞬間が訪れた。

「あっ……くっ……」

熱い溶岩が火山のように弾けて、それが切っ先から飛び散っていく感覚がすさまじい快感を生む。

脳が痺れた。腰が勝手に痙攣している。

そして、舞子も細かく震えながら、白濁液を受け止めている。

出し尽くしたときは、すべての力が抜けた。

体を支えていることもできずに、前に突っ伏していく。それを、舞子は抱きしめてくれる。

ハァハァハァ——息を切らしていると、舞子が髪を撫でながら、言った。

「良かったわよ、すごく。きみ、大丈夫よ。きっとその気になったら、女泣かせの男になる。わたしが保証する」

照れ臭かった。

(そうか……俺もやればできるかも)

何だか力が漲ってきて、崇士は舞子の唇にちゅっとキスをした。

第四章　社長夫人とラブホで

1

夏休みが終わろうとしているカンカン照りの真夏日、崇士は思い切って敵陣に乗り込むことにした。

柴田珠実の家は、事務所や倉庫が建ち、何台ものトラックが駐車する広々とした土地の一角にあった。

柴田工業は軽量鉄骨工事から型枠工事、土木工事を行なう会社で、地元の働き盛りの男の多くが働いている。

M東小学校の生徒の保護者も柴田工業に雇われている者が大勢いて、彼らは、会社の社長夫人である珠実に逆らえないのである。

今日は、PTAのことで相談したいことがあるからうかがいたい、と前もって連絡して、OKをもらっている。

豪勢な造りの玄関でインターフォンを押して、名前を告げると、

『ああ、先生ね……今、娘がいるから、ちょっと外で話しましょうか。待ってて』

応答があり、柴田珠実が出てきた。

その格好に驚いた。サングラスをかけ、髪も茶色に染めていて、昔で言うボディコンのフィットサイズのミニのワンピースを着ているので、スレンダーだが出るべきところは出た身体のラインが浮き出ている。とくに、太腿はお尻の近くまで露出していた。

三十七歳でこの格好はどうかと思うのだが、違和感なく決まっているところがすごい。

「ふふっ、驚いた？　わたし、ヤンママなのよ」

知らなかった。珠実がヤンキーあがりだとは。

「来て」

珠実は車庫に停めてあったツーシーターのスポーツカーに乗り込むと、崇士に助手席を勧める。

「早く！」

叱咤《しった》されて、崇士はあわてて隣に乗り、シートベルトを締める。

スポーツカーが動きだし、敷地を出て、軽快に走りだした。

ヤンママだけあって、さすがに運転が上手い。

今どき珍しいマニュアル車で、足と手が連動してギアを巧みに変え、車をスムーズに走らせる。

タイトフィットの伸縮素材のワンピースは超ミニなので、突き出た足がアクセルやブレーキを踏むその動きに、どうしても目が行ってしまう。

「先生、話って?」

「はい……PTAの件なんですが、何とかして、会長さんと折り合いをつけていただけないかと思いまして」

「……やっぱり、その件か。じゃあ、じっくりと話せる場所がいいわね」

珠実は国道に出て、十五分ほど走ったところで、車を右折させ、すぐのところにある中世の西欧のお城みたいな建物に入っていく。

「あの、ここは?」

「ラブホよ。休憩で入れば、三時間の間、誰にも邪魔されることはないでしょ?」

「……マズいです。教師と保護者がラブホに一緒に入ったら、疑われます」

「大丈夫よ。誰にも見られていないし、受付も顔を合わせないでできるから……それに、エッチするわけじゃないんだから、そうでしょ？」

珠実はまったく動じることなく、建物の内側にある駐車場に車を停めた。

「行きましょう。あまり時間がないから」

さっさと降りるので、崇士も仕方なく後につづく。

ラウンジのパネルで、珠実は空いている部屋からこれという部屋を選び、すりガラス越しに受付を済ませ、崇士をせかしてエレベーターに乗った。

狭いエレベーターに、甘ったるい香水の芳香がただよっている。

こんなことをしてはいけない。誰かに見られたら一巻の終わりだ——。

だが、珠実にはノーと言えないオーラがあって、断れない。ほんとうのところを言うと、元ヤンキーと聞いて、少しビビっているところもあった。

エレベーターを五階で降りて、広いフロアで部屋をさがす。地方都市のラブホは広くて、造りが立派だ。

「ここね」

珠実が先に入り、崇士がつづく。

入った途端に、足が止まった。

大きなベッドの天井とベッドの周りの腰板に、ミラーが張られていて、二人の姿が鮮明に映っていた。

ソファやテーブル、カラオケセットや大画面のテレビがあり、バスルームは半透明のガラスの造りで、これではシャワーを浴びていても、外から肌が透けてしまうだろう。

珠実はこういうところは慣れているのか、まったく動揺を見せずに、自動販売機から瓶のコーラを二本買って栓を抜き、一本を崇士に渡し、一本を持ってベッドのエッジに腰をおろした。

崇士はふかふかのソファに座る。

ベッドに足を組んで座った珠実は、コーラ瓶に口をつけて、こくっ、こくっと飲む。ほっそりした喉が動き、ノースリーブのボディコンの腋が丸見えになり、崇士はドキッとする。

そして、組まれた足はワンピースの裾がまくれあがって、長い太腿がほぼ付け根まで見えてしまっていた。

（これで三十七歳で、子持ちなんだからな……）

崇士は複雑な気持ちで、コーラをラッパ飲みする。強い炭酸がジュワッと喉に弾けた。

「で、何だっけ？　芳野慶子と仲良くしてくれってことだっけ？」

珠実がコーラを置いて、崇士を見た。

アーモンド形の目は目尻が切れあがっている。全体に細面だが、化粧がどぎつい。もっともこのくらいでないと、気性の荒い職人たちにナメられるのだろう。

「会長と仲良くしていただかないと、うちのＰＴＡが円滑にまわっていきませんし」

思い切って言った。

伊吹舞子と寝て、勇気をもらってから、思ったことは包み隠さず、ずばずば言うことにしていた。

「わたしたちがどうして上手くいかないのか、知ってる？」

「一応……同級生の娘さんの問題だとうかがっていますが……」

「わたしが、娘のことであの女に嫉妬してるって？　バカなことは言わないで。わたしもナメられたものね」

「いや、決してそんなことは……あの、そうじゃないんですか？」

珠実はうなずいて、つづけた。

「先生が、わざわざ来てくれたんだから、その勇気に免じて、話してあげるわ。絶対に他人には言わないでよ」

「はい、口が裂けても他言しません。約束します」

何か進展があるかもしれない。崇士は身を乗り出す。

「じつは……」

と、珠実が話しだした。事情を聞いて、腰が抜けるほど驚いた。

そもそもは、珠実の夫の柴田雄司《ゆうじ》が、芳野慶子に片思いしていたことが原因だったのだと言う。

「うちのと、芳野慶子は同級生だったのよ。小、中学と一緒で、うちのダンナの初恋の相手があの澄ました女だったらしいわ」

驚いたが、それなら、珠実の気持ちもわかる気がする。

「で、うちのがコクって、見事に振られたのよ」

「だったら……」

「それだけじゃないのよ。あの女が大学生のとき、帰省して、うちのに抱かれたのよ」

「えっ……？」

「信じられないでしょ？　あの女、東京で大失恋して、誰でもよかったのよ。自分を好きな男だったら……うちのは当時からもう父親のもとでバンバン働いてて、筋肉隆々だったから、そういう男臭さに惹かれたんじゃないの」

　柴田雄司の容姿も知っている。三十八歳で親の会社を継いでいるだけあって、浅黒く日焼けした精悍な顔で仕事はできると聞いている。

「うちのは何でも話すバカだから、聞いたんだけど、あの女、澄ました顔をしてるくせに、ベッドでは随分といやらしくなるみたいよ……」

　珠実の言葉が妄想を刺激し、崇士は芳野慶子が柴田雄司に、後ろからがんがん突かれている姿をついつい想像してしまい、あそこが一気に硬くなるのがわかった。

「んっ……先生、どうしたの？　それ？」

　珠実に目敏く勃起を見つけられて、崇士はあわてて股間を隠す。

「……ったく。どうしようもないわね」

　チッと舌打ちして、珠実が近づいてきた。

「来なさいよ」

腕をぐいとつかまれて、ベッドに連れていかれた。

いきなり、ベッドに押し倒され、上に乗っかられた。

「あんたも、あの女と寝たいんだ？　あんなうわべだけの女のどこがいいの？」

珠実が上から険しい目でにらみつけてくる。

「会長にそんな不埒《ふらち》な思いは持ってませんよ。僕はただ、柴田さんと会長が上手くやってくれればと……それだけです」

「じゃあ、どうしてここを大きくしたの？」

言いながら、後ろ手に股間のものを握って、ぐいぐいとしごいてくる。

「いやらしいわよ、先生。うちのとあの女がセックスするところを妄想して、ここをこんなにしたんでしょ？」

図星だった。だが、そうだと肯定してはいけない気がした。

「違いますよ」

「あの女の策略に乗って、あのナースと寝たわね？」

「……」

「こっちも仕掛けたら、まんまと嵌まって……あんた、顔に似合わずどうしようもない下半身を持ってるのね。ほら、カッチンカッチンになってきた」

珠実はズボンの股間を後ろ手に握りしめた。

「うっ」と崇士が呻くと、にやりとして、ワイシャツの上から、胸板をなぞってくる。さらには、乳首をつまんだり、撫でたりしてくる。

湧きあがる愉悦のなかで、崇士は思った。

この人は、ＰＴＡ担当教師をセックスでたらし込んで、完全に自分の味方につけようとしているのだ。

珠実の息が乱れてきた。腹にまたがって、パンティ越しに女の柔肉をぐいぐい擦りつけながら、下腹部の屹立を情熱的にしごいてくる。

「ぁあああ、うん……」

生臭い吐息をこぼして、くなり、くなりと腰を揺すりつづけている。

たんなる誘惑作戦には見えない。もしかして、この人もダンナに相手にされなくて、持て余しているのか？

などと、推測している間にも、珠実はいったん立ちあがって向きを変え、崇士に尻を向ける形でまたがってくる。

そして、ズボンとブリーフを器用におろして、足先から抜き取った。

抜き取るとき前屈みになったので、短い裾がずりあがって、シルバーのＴバックの食い込んだヒップが途中までのぞいた。

（三十七歳で、Ｔバックか……）

　もしかしたら、パンティラインが出ないようにＴバックを穿いているのかもしれないのだが、とにかく昂奮した。

　まだ若々しい尻の合わさるところに一本のシルバーのラインが走り、こんもりとした恥丘をかろうじて覆った基底部からは、繊毛がわずかにはみ出している。

「二人が言ったとおりだわ。すごく元気がいいんだ、あんたのここは」

　珠実が屹立を握って、ゆるゆるとしごきだした。

　二人と言うのは、高橋美里と森田千鶴のことだろう。

「いい？　こっちは芳野慶子と和解するつもりはないの。あの女が、謝ってこない限り。うちのバカがあの女に色目をつかうのをやめない限り……でも、先生はわざわざ会いにきた。その勇気は褒めてあげるわ。そのご褒美ね」

　そう言って、珠実は分身に顔を寄せた。

「ふふっ、イカ臭いわ。若い男の匂い……うちのも昔はこういう匂いをさせていたんだけど、最近はその匂いを嗅ぐこともないわね」

　珠実は唇をかぶせて、一気に奥まで頬張ってきた。

つづけざまに、ずりゅっ、ずりゅっと大きくしごきたててくる。

貪るようなフェラチオだった。やはり、夫とは最近寝ていないのだ。うちのＰＴＡは欲求不満の人妻たちの集まりなのか――？

そう思ったのも束の間で、根元を握って、ぎゅっ、ぎゅっとしごかれながら、敏感な箇所に唇をすべらされると、甘やかな快感が込みあげてきて、そんなことはどうでもよくなってしまう。

丸々として、よく脂の乗ったヒップが、Ｔバックによってその充実感を強調されている。

崇士は顔を寄せて、基底部を舐めた。

ぺろり、ぺろりと舌を這わせると、シルバーの布地が湿って、たちまち内部の複雑な構造や色が透け出てきた。

さらに唾液をまぶすうちに、濡れた布地がぴったりと陰部に貼りつき、割れ目がくっきりと浮かびあがってくる。

珠実のヒップが微妙に揺れはじめた。

（ああ、感じているんだな）

勇気をもらって、Ｔバックをひょいと横にずらすと、濡れて蜜を光らせた亀裂がぬっと現れた。

脇にも陰毛の生えた、いかにもセックスの好きそうな肉厚な陰唇がひろがって、内部の赤い潤みがぬらぬらと光っている。

精悍な亭主の顔が一瞬脳裏をよぎった。

だが、最近はしていないと言うし、ここはそんなことにかまっていられない。

狭間を舐めあげると、ビクッと下半身が震えた。

舞子の教えを思い出して、左右の陰唇の脇を舐め、縁にも舌を走らせる。と、珠実は頬張りながらも、「くっ、くっ」と低い声を洩らした。

(感じている。ここで攻めて、この人を骨抜きにすれば、もしかしたら……)

指を添えて、膣口をひろげ、そこに丸めた舌を押し込み、抜き差しをした。

仄かなチーズ臭に生牡蠣のような味覚が混じっていた。

尖った舌がひろがった膣口をぬるぬると刺激すると、

「あっ……うんっ!」

珠実は肉棹を吐き出して、背中をのけぞらせる。

「ああ、上手いじゃないのよ……そこよ、そこ……」

珠実がもっと深いところにとでも言うように、濡れ溝を擦りつけてくる。

自分に自信が持てた。今度は、クリトリスを攻める。

舞子がやっていたように、包皮をかぶったその両脇をくにくにとこね、全体を円を描くように刺激してやる。

くるっと包皮を剝いて、じかにルビー色の本体を舐める。

上下になぞり、左右に撥ね、頰張って吸った。

すると、これがいいのか、珠実は顔をのけぞらせて、

「ぁあああ、たまらない。それ、たまらない……あっ、あっ、くっ……」

尻を突き出しながらも、肉棹をさかんにしごきあげてくる。

2

珠実は立ちあがって、崇士に裸になるように命じると、フィットタイプのワンピースの裾をめくりあげて、頭から抜き取った。

ハッと息を吞んだ。

彫刻刀で余分な肉を削ぎ落としたような体つきをしていた。だが、胸も尻も発達していて、陸上競技の女子アスリートのように、筋肉質でもある。

珠実は、崇士を睥睨《へいげい》しながら、シルバーのブラジャーを外し、つづいて、T

バックも脱いだ。

セピア色の乳首が威張ったように上を向いた釣鐘形の乳房が、ひどくエロティックだった。

ブラウンに染められた長い髪が、ウエーブして肩や胸にかかっている。

陰毛は濃く、下腹部に密生していた。

珠実が右足をあげて、爪先を下腹部に伸ばしてきた。

あさましくいきりたっている肉棹を、親指と人差し指で器用に挟んで、擦りあげる。

「どう？　足でされる気分は？」

「………」

屈辱的だった。だが、指よりも硬く、太いもので屹立を挟まれて擦られると、荒々しい刺激があって、肉体的には気持ちが良かった。

「すごいわね。どんどん硬くなってくる」

ふっと微笑んで、珠実が顔をまたいできた。

ぐっと腰を落とした蹲踞の姿勢で、濡れ溝を口許に擦りつける。オイルをかけたようにぬらつく柔肉が、鼻と言わず口と言わずふさぎながら、すべっていく。

「ううっ」

息ができない。

「舐めて……」

言われるままに舌を出した。顔を打ち振りながら狭間に舌を走らせると、

「んっ……んっ……ああ、そうよ。ぁああ、ぁあああぁ……」

珠実は自分も腰を振って、濡れ溝を擦りつけてくる。

狭間を舐めあげていき、クリトリスをしゃぶった。貪りついて、吸いあげると、
珠実が「ぁあああぁ」とさしせまった声をあげた。

包皮をかぶった肉芽を舌で強く弾いた。そうしながら、両手で尻をつかんで、揉みしだいた。

「ぁああん、それ、感じる……ぁああ、ぁああ……」

珠実は下半身をまたいで、いきりたつものを手で恥肉に押しあて、感触を確かめるようにゆっくりと沈み込んできた。

まったりと包み込んでくる豊かな肉路を、切っ先がこじ開けていき、

「はうんん……!」

珠実が上半身を垂直に立てた。

「ぁあぁぁ、お臍まで届いてる……んっ、んっ、んっ」

珠実は腹の上で跳びはねる。

両膝をM字に開いて、全身をつかって上下動する。

日頃から鍛えているのだろう。まるでスクワットでもするように足腰のバネをつかって、連続的に腰を上下に振っては、顔をのけぞらせる。

「効く、これ効く……あんっ、あんっ、ぁああん」

茶髪が揺れ動き、野性的な乳房も上下に波打ち、そして、濃い翳りの底に肉棹が出たり、入ったりする姿がまともに目に入る。

ふと横を見ると、壁の鏡に二人の姿が映っていた。

「鏡に映っていますよ」

言うと、珠実が横を見て、鏡のなかの自分に目をやり、

「ああ、何よこのいやらしい腰つきは……」

眉をひそめた。

「こんな破廉恥な格好でセックスしてるのね。ぁああ、いやだわ……いやだわ」

口ではそう言いながらも、珠実は決して腰の動きを止めようとはしない。

下まで落としきって、そこで、ぐいんぐいんと腰を旋回させる。そうしながら、

鏡のなかをじっと見ている。

今だとばかりに、崇士は両手を前に伸ばして、乳房を鷲づかみにした。形のいい乳房を変形するほど揉みしだく。

鏡のなかで、自分の乳房が荒々しく扱われるのをじっと眺めながら、珠実はますます強く腰をぶんまわして、

「ぁああ、ぁああ……止まらない。止まらない……」

鏡を見ながら、陶酔した顔をしている。

サイドの鏡には、崇士に馬乗りになった女が腰をつかう姿がくっきりと映っていた。

「ぁああ、ぁああ……あっ、あっ、くっ……！」

珠実がびくびくっと震えながら、前に倒れ込んできた。

セックスが強い男をアピールして、自分を尊重してもらう絶好のチャンスだった。

崇士は腰を両手でつかみ寄せて、下から突きあげた。膝を立てて動きやすくして、つづけざまに腰を撥ねあげると、

「んっ、あっ……んっ、んっ、んっ……」

珠実は全身を揺らしながら、首から上をぐっとのけぞらせる。どんなに強がっている女でも、セックスでは本能を剝き出しにしたメスになるのだ。

伊吹舞子もそうだった。きっと、芳野慶子だっていざとなったら――。

乳房に貪りついた。尖っている乳首を口に含み、れろれろと舌を打ちつけ、もう片方の乳房を揉みしだく。

両方の乳房をぐっと真ん中に集めて、左右の乳首を交互に舐め転がした。一方を舐めているときは、もう片方の乳房を荒々しく揉みしだく。

右の次は左、左の次は右と、鶯の谷渡りのごとく素早く吸いまくっていると、珠実の気配が変わった。

「ぁああ、ぁああ、いい……いい」

喘ぐように言って、もう止まらないばかりに腰をぐいぐい擦りつけてくる。

ヤンママの本性をあらわにした赤裸々な動きが、崇士をかきたてる。

珠実の上体を立たせて、自分も腹筋運動の要領で上体を起こした。目の前の乳房にしゃぶりつき、腰に手を添えて、動きを助けた。

「ぁああ、いいわ……あんたのチ×コがなかを突いてくる。ああん、止まらない」

露骨な言葉を吐きながら、珠実は肩にしがみついて、腰をくなり、くなりと揺すって、濡れ溝を擦りつけてくる。

ずりっ、ずりっと分身を揉み抜かれる歓喜のなかで、崇士も必死に乳房にしゃぶりつき、乳首を吸い、舐め転がす。

こんなこと、前はできなかった。

いい加減に愛撫をして、フェラチオしてもらい、すぐに挿入してひたすら突いていた。だが、今は違う。

「ぁあああ、あん、あん、あん……」

珠実は女っぽい声を耳元であげて、もどかしそうに腰を振りたてる。

(そろそろ、自分から……)

崇士は背中に手を添えて、珠実を後ろに倒していく。

仰向けになった珠実は、足をM字に開いてあげている。

崇士は両手を後ろに突いて、ぐいぐいと下腹部をせりあげる。ギンギンの肉棹が、珠実の体内を小刻みに突きあげて、

「んっ、んっ、んっ……」

珠実はびっくりするほど愛らしい声をあげ、両手を赤ちゃんのように顔の両側で曲げている。

茶色に染められたウエーブヘアが扇状に散り、その真ん中で、薄い眉をハの字に折り曲げた顔が女の悦びをたたえている。

(元ヤンで三十七歳だって、全然かわいいじゃないか)

どんな仮面をかぶった女でも、一皮剝けば、女の欲望を秘めている。その欲望を満たせば、かわいい女になるのだと思った。

崇士がここぞとばかりに、下からぐいぐい突きあげると、

「あっ、あっ、あんっ……」

M字に開いた足をぶらん、ぶらんと揺らして、珠実はシーツを鷲づかみにし、顔をいやというほどせりあげる。

「気持ちいいですか?」

気持ちはS的になっても、言葉遣いだけはやさしくしないといけない。

「気持ちいいわ。悔しいけど、気持ちいい……はうぅぅぅ」

「もっと気持ち良くなってください」

崇士は膝を抜いて、上体を起こし、アスリートのような足を開かせて、ぐいと

押さえつけた。足を必要以上に大きく開かれて、

「ああ、これ……」

珠実が顔をそむけた。やはり、羞恥心はあるのだ。

膝裏をつかんで、ぐいぐいめり込ませる。すると、珠実は顔を持ちあげて、結合部分に目をやり、

「ああ、入ってる。先生のがずっぽり入ってるぅ」

とまどっているような、自分を憐れむような顔をする。

崇士はふと思いついて言った。

「上を見てください。何が見えます」

崇士が仰ぐと、つられて、珠実も天井を見あげた。

ベッドの上だけ張られたピカピカのミラーには、仰向いた珠実の姿が映っていた。

足を無残にひろげられ、打ち込まれて、乳房をぶらん、ぶらんと揺らしている珠実自身の姿が。

「ああ、これ……」

「いつも、この部屋で鏡を見てるんじゃないんですか?」

「しないわよ、そんなこと……元ヤンは身持ちが堅いのよ。ここは、若い頃にうちのとよく来たのよ。最近は来てないわ」

さっき、あまりの落ち着きように常連だと思ったが、そうではなかったようだ。そうか、元ヤンは身持ちが堅いのか——。

「じゃあ、僕は特別ですか？」

「……そうね。あんたは味方につけておきたいから、それだけよ」

やっぱり、そうか。そうだよな……。

崇士は膝を持つ手に力を込めて、ぐいと押した。無残にひろがった足が持ちあがり、同時に腰もあがる。

天井を向いた膣に、ぐさっ、ぐさっと打ちおろすと、

「ぁああ、これ……」

珠実は鏡のなかの自分に目をやって、いったん顔をそむけた。しばらくするとおずおずと目を開き、もうひとりの自分に見入った。

それから、崇士を見て、

「あっ……うっ……すごい、すごいよ、あんた」

うっとりとして言う。

「すごいですか？　すごいですか？」

訊きながら、強く打ち据えた。

「すごいわ、あんた、すごいよ……あんっ、あんっ、あんっ……」

目を開けていられなくなったのか、珠実はぎゅうと目を瞑って、顎を突きあげる。

腰をつかいながら、崇士も横を見る。

腰板に張り巡らされた鏡に、いやらしく腰を躍らせる自分の姿がはっきりと映し出されていた。

恥ずかしい。腰づかいが卑猥だ。あさましい。

だが、それがオスである自分の本来の姿でもあるのだ。

「うおおぉぉ！」

吼えながら、連続して打ち込んだ。

「あっ、あっ、あん、あんっ、ぁああん……」

珠実は両手を顔の横に置いて、どうしていいのかわからないといったふうに顔を振り、顎をせりあげる。

アスリートのように贅肉のない上半身だが、乳房はたわわなふくらみを見せていて、それが突くたびに豪快に揺れる。

さすがに息が切れてきて、崇士は足を放し、前に屈んだ。

セピア色の乳首が突き出している乳房にしゃぶりついた。釣鐘形のふくらみを右手で揉みしだき、せりだしてきた乳首を口に含む。

舌を小刻みに躍らせると、しこりきった乳首が根元から揺れて、

「くうぅぅ……いいわ。もっと、もっと乳首を舐めて」

珠実が訴えてくる。

やはり、この人も乳首が強い性感帯なのだろう。

伊吹舞子に教えられたことを思い出して、乳首をくにくにとこねたり、引っ張りあげて、舐めたりした。

両方の乳首を一緒に愛撫しながら、ゆるやかに腰を動かすと、

「ぁああ、ぁあああ……いい！　上手すぎるぅ……ぁああ、ぁあぁぁぁ……止まらない、止まらない……ぁああ」

珠実は獣じみた声を洩らし、両足を崇士の腰にからませて引き寄せながら、ぐいぐいと恥肉を擦りつけてくる。

（うう、たまらない）

膣肉がうごめきながら、分身を根元まで包み込んでくる。ぐちゃぐちゃになった粘膜が押しつけられる。

崇士が両方の乳房を真ん中に寄せて、鶯の谷渡りで素早く左右の乳首をしゃぶると、

「ああ、ダメっ……イッちゃう。イッちゃう……」

珠実の息づかいや腰づかいが切羽詰まってきた。

「いいですよ、イッて」

崇士が片方の乳首を口であやし、もう一方の乳首を指でこねまわしていると、

「ぁああ、ぁああ、ぁうぅぅぅ……」

珠実は箍《たが》が外れたように鋭く腰を打ち振って、

「あっ……あっ……イクぅ……」

ぐーんと腰をせりあげて、しばらくその状態でいてから、がくん、がくんと痙攣しだした。

(イッたのだ。頂上を極めたのだ)

だが、崇士の分身はまだまだ元気なままだ。

3

珠実はベッドを降り、スマートフォンを取り出して、どこかに電話をかけた。

「ああ、美幸《みゆき》ちゃん。ママよ……まだ、先生とお話ししてて、遅くなるから……そう、冷蔵庫のプリン食べていいから。食べたら、塾に行きなさいよ。わかったわね。じゃあ、切るわよ」

美幸というのは、六年生の娘のことだ。

ラブホテルで素っ裸で子供に電話をする人妻は、どんな気持ちなのだろう？

崇士は若干罪悪感を覚えたものの、一糸まとわぬ姿で、母親らしい気づかいを見せる珠実に妙な昂りを感じた。

それから、珠実は洋服のポケットから煙草とライターを取り出し、灰皿を持ってベッドにあがった。

崇士の隣に胡座《あぐら》をかき、スリムなメンソールの煙草にライターで火を付けて、吸い、細い煙草を口から離して、フーッと煙を吐き出す。

何しろ素っ裸で胡座をかいているので、濃い陰毛の翳りが丸見えで、美味しそうに煙草を吹かす人妻は、さすがにヤンママの面目躍如という感じだった。

「先生も吸う？」

「いや、僕は……」

「全然、吸わないの？」

「一時期吸ってましたけど、今、職員室も他の場所の学校ではすべて禁煙ですから、苦労してやめました」

「一服だけ、吸ってみなよ」

時々、昔のヤンキー時代の言葉づかいが顔を出す。自分の吸っていた煙草を差し出してくるので、崇士は受け取って、一服だけした。

薄荷の香りのするニコチンの強いメンソールだった。

あまり奥へは吸い込まず、フーッと吐き出したが、ひさしぶりの煙草に眩暈《めまい》がした。

「どう？」

「もうダメですね。くらっときました」

「つまらないわね、煙草も吸えない生活なんて」

珠実は溜まった灰を灰皿に落とすと、寝転んで、美味しそうに煙草を吸った。

スレンダーだが出るべきところは出た裸身を横たえ、足を組み仰向いて、煙草を吹かす人妻はちょっと素敵だった。

　きっと昔はもっと格好良かったに違いない。

「先生、まだ出してないでしょ？　もう一回しようか」

　珠実が煙草を灰皿で押しつぶして、身を寄せてきた。

　望むところだった。崇士は珠実を腹這いにさせると、背中を愛撫する。

　舞子が女は身体の裏のほうも意外に感じるのだと言っていた。そして、首すじや背中を愛撫すると、男の点数があがると。

　肩幅はそれなりにあり、胴がきゅっとくびれているので、背中のラインが美しかった。

　髪の毛をかきあげてうなじにキスをし、さらに肩から肩甲骨へと舐めると、

「ふふっ、気持ちいいわ、そこ」

　珠実がうっとりとして言う。

　背骨に沿って舌を這わせ、脇腹を両手でツーッと撫であげた。

「あっ……いやん、気持ち良すぎて鳥肌が立つ」

　確かに、背中が一気に粟立ってきた。その背中をソフトに撫でさすると、尻がくくっとあがってきた。

「ぁああ、あそこを……あそこを」

持ちあがった尻がもどかしそうにくねりだす。

崇士は後についていて、尻をぐっと引きあげる。せりあがってきたヒップの底にしゃぶりついて、舌を走らせた。

肉饅頭のようにぷっくりとして、ぐっしょり濡れた恥肉の狭間をぬるぬると舐めると、

「ぁああ、ぁあああぁ……いい。こんなに気持ちいいの、ひさしぶり」

珠実は自ら尻を前後に振って、濡れ溝を擦りつけてくる。

崇士がアヌスから恥肉にかけて何度も舐めるうちに、もうこらえきれないといったふうに腰が躍り、

「入れて……入れて」

珠実が訴えてくる。

今だとばかりに、崇士は言った。

「会長との仲直りの件、頑張りますから、そのときは、柴田さんも仲良くなってくださいね」

「……卑怯な人ね、こんなときに……いいわ、あんた次第で考えてもいいわよ」

「ありがとうございます」

「……早く、早く入れて」

崇士はいきりたつものを押しあてて、ゆっくりと腰を入れていく。ウエストをつかんで引き寄せると、

「ぁあああ、くっ……!」

珠実が顔を撥ねあげた。

ふくよかな陰唇が抜き差しするたびに硬直にまとわりつき、内部の粘膜も波打ちながらからみついてくる。

ゆったりと抜き差ししながら、考えた。この人は子宮口、即ちポルチオは感じるのだろうか?

確かめようと、ぐっと奥まで突き入れた。

切っ先を子宮口まで届かせておいて、腰を振り振り、ポルチオらしいところをぐりぐりとこねる。

と、珠実の気配が変わった。

「ぁあ、ツーッ……」

息を吸い込み、背中をしならせた。

「ぁあん……ぁあん……そこ、もっと……」

崇士は丹田に力を込めて、いっそう屹立させた。下腹部をぴったりと尻の底にくっつけて、これ以上は無理というところまで押し込んだ状態で、腰をまわした。

亀頭部が硬いところにあたる感触があって、珠実も自ら腰を後ろに突き出してくる。

こねまわしておいて、いったん引き、ずんっと突き入れると、

「ぁはんっ……！」

珠実がシーツを握りしめて、ぶるぶると震えはじめた。

（よしよし、効いてるぞ）

根元まで押し込んだ状態でぐりぐりとこね、圧迫し、擦った。

また、腰を引き、今度はつづけざまに深いところに打ち込んだ。

「あんっ……ぁんっ……ぁんっ……」

珠実は喘ぎ声を響かせ、顔を上げ下げする。

下を向いた乳房がぶらん、ぶらんと揺れているのが、サイドの鏡に映っていた。

「鏡を見て」

言うと、珠実がおずおずと腰板の鏡に目をやった。鏡のなかの自分を困ったような顔で見ている。

珠実は上体を低くして、背中を動物のようにしならせて、尻を高々と持ちあげている。その背後で、崇士が膝立ちになって、腰を躍らせている。

「オチ×チンが、柴田さんのオマ×コに突き刺さってる。出たり、入ったりするのが見えますか？」

「……見えるわ。よく見える」

「ほうら、入れますよ」

ぎりぎりまで腰を引いておいて、一気に押し込んだ。

「くっ……すごい、すごい……マゾの気分になる、これ」

「もっとマゾになってください」

ゆったりとした抜き差しを繰り返し、徐々にピッチをあげていく。

「あっ、あっ、あっ……もう、ダメっ……先生、もう、ダメっ……」

珠実は身体を揺らしながら、顔を横向けたままで、鏡のなかの崇士に訴えてくる。

「何が、ダメなのかな？」

「イッちゃう……また、イッちゃう……」

「いいですよ……僕もイキますよ」

「ああ、来て……来て……」

崇士は奥まで突き入れておいて、腰をまわした。切っ先が子宮口をいやというほど圧迫し、擦って、

「ぁああ、オシッコが漏れちゃう……ぁああ、ああ……ダメっ!」

「そうら、イキますよ」

崇士は射精覚悟で腰を打ち据えた。

大きく腰を前後に振って、肉棹をめり込ませ、ぐりぐりとこねる。また、大きく腰を振る。

珠実の体内がうごめいていた。まったりとした肉襞がくいっ、くいっと内へと手繰りよせるようにざわめいて、崇士も一気に上昇曲線に乗った。

「あっ、あっ……ダメっ、ダメっ、ダメっ……イク、イク、イグ……くううううう……あっ……」

珠実ががくん、がくんと痙攣しだした。

崇士が今だとばかりにもうひと突きしたとき、熱いものが駆けあがってきて、

爆ぜた。

「はぁぁああああ……」

大きくのけぞったかと思うと、珠実はどっと前に突っ伏していく。

逃げようとする尻を追って、崇士は覆いかぶさりながら、駄目押しとばかりに突き入れた。弾け飛ぶような射精感で、尻が震えた。

長い射精だった。

それを、珠実は腹這いになり、尻を突きあげて受け止めている。

放出が終わってもなお、珠実はひくん、ひくんと震えていた。

第五章　麗しのＰＴＡ会長

１

激動の夏休みが終わり、新学期に入った。

ＰＴＡでの芳野慶子と柴田珠実の対立は依然としてつづいていたし、崇士が両サイドから脅され、突きあげをくらうという絶望的な事態は、何ら変わってはいない。

問題を解決するには、両者の和解をはかることが一番だった。

珠実とはセックスをして少し懇《ねんご》ろになっていた。しかし、彼女が言うように、慶子に謝らせるのは、容易ではない。

伊吹舞子は、崇士のことを心配して、自分のできることはやるからと言ってくれている。

しかし、あまり舞子の手を借りてしまうのも、担当教師としてどうかと思う。

その日の放課後、井桁教頭と次のＰＴＡ定例会の打ち合わせをすることになっていたのだが、職員室にいるはずの教頭の姿が見当たらない。

（どうしたんだろう？）

崇士は職員室を出て、教頭をさがした。

（ここか……？）

応接室の前で立ち止まり、耳を澄ます。と、なかから、

「ぁああんん……！」

女の喘ぐような声が聞こえてきた。

（何だ？　何をしてるんだ？）

廊下に人影がないのを確かめて、ドアに耳を近づける。

「どうして、いやがるんだ？　初めてじゃないし、いいじゃないか？」

男の低い、独特の鼻にかかったような声がする。

井桁教頭の声に間違いなかった。

「こんなところで、やめてください。人が来ます」

つづいて聞こえていた女の声に、聞き覚えがあった。

（福田優子か……？）

優子はPTA本部で会計をしていて、たびたび会っているから、声の特徴はわかる。

大人しい、おっとり型の三十八歳だが、会長の慶子の同級生で、昔から二人は仲が良かったと聞く。

リーダー的存在だった慶子の取り巻きのひとりだったという噂もあり、今回の会計も、会長が慶子だったから引き受けたのだと公言して憚《はばか》らない。

そう言えば、この前、慶子が井桁教頭も手なずけてあると言っていた。現実に教頭は、通学路クリーン作戦のとき、会長側を支持した。

会議の後の懇親会でも、教頭の傍には、優子がいつもぴったりとついている。

今、教頭は初めてではないと言っていた。

(そうか……福田優子が教頭をたぶらかす係だったんだな)

内情が読めてきた。

また、ドタバタと人が争うような音がして、

「人を呼びますよ」

優子の声が廊下にも漏れてきた。

「いいんだぞ、助けを呼んでも。……ただし、そのときはわかっているだろうな。

優子さんの五年生の息子さん。元気が良すぎて、暴力沙汰を過去二度起こしている。あんたの手前もあって、学校側で揉み消してきたが、公にしようか？　んっ？」

教頭が言って、抗う音がやんだ。

「それでいいんだ。だいたい、あんたが誘ってきたんだからな」

応接室が急に静かになった。

何をしているのかは、だいたい想像できた。

（教頭の古狸め。いくら誘惑されたとはいえ、保護者を子供のことで脅すだなんて、教員のするべきことじゃないだろ）

見過ごすわけにはいかなかった。

コン、コン――。

応接室の扉をノックして、横にすべらせた。

一歩足を踏み入れると、ズボンをさげた教頭がソファの上に福田優子を押さえつけたま、呆然としてこちらを見ていた。

優子のブラウスは胸がはだけて、肌色のブラジャーに包まれた胸のふくらみがこぼれ、スカートがたくしあがって、肌色のパンティものぞいているのが、目に飛び込んでくる。

「何をしているんですか！」

怒気をあらわにすると、教頭があわてて体を起こし、ズボンを引きあげた。

優子も起きあがって、ブラウスの胸ボタンを懸命にはめている。

「カメちゃん。これには事情があるんだ」

井桁があたふたして言う。

「事情って……どんな事情があっても、校内で教頭が保護者を襲ったりしたら、ダメでしょ」

日頃から教頭には憤懣《ふんまん》やる方ない思いがあって、それが口を突いてあふれでた。

「だからさ、後でゆっくりと事情を話すから、ここは穏便に頼むよ」

教頭が自己保身に走る。

穏便にとはどういうことだ？　まったく反省の色が見えないのが、よけいに頭に来る。

と、身繕いをととのえた優子がこちらに向かって歩いてきて、

「先生、ありがとうございます」

頭をさげた。優美なおっとりした顔が、今は恐怖の影を引きずっている。

「いいんですよ。ここはいいですから、行ってください」

「でも……」

「このことは口外しませんから、ご安心ください」

「……すみません。後で事情を……」

「とにかく、ここはお任せください」

言うと、優子は教頭をきっとにらみつけた。

「今度、こういうことがあったら、訴えますからね」

吐き捨てるように言って、応接室を出ていく。

教頭が早速言い訳を捏造しはじめた。

「いや、じつは彼女に誘われてね……PTAの話があるからと言われて、会っていたら、向こうから股間を触ってきてね。こっちもついつい……わかるだろ?」

この男はほんとうにどうしようもない男だ。

崇士は怒りというよりむしろ憐憫《れんびん》の情で、教頭の言い訳を聞いていた。

2

そのすぐ後で、芳野慶子から電話があった。

『教頭との件、福田さんから聞きました。ありがとうございます。福田さんを助けていただいて』

「いえ、当然のことをしたまでですから」

『今回のことで、先生を見直しましたわ』

「会長さんにそう言われると、うれしいです。でも、元はと言えば……」

『電話ではそこまでね……。一度お礼をかねてどこかで食事でもと思っているのですが、いかがですか？』

崇士も会って、じっくりと話したいと考えていたのを、慶子のほうから誘ってくれているのだから、乗らない手はなかった。

崇士は快諾して、会う時間と場所を決めた。

土曜日の夜、慶子の指定したホテル内にある日本料理店で待っていると、時間通りに芳野慶子がやってきた。

驚いた。というより見とれた。

慶子は見事な和服を着ていた。クリーム色の地に幾何学模様の裾模様の散った優雅さのなかにも品のいい訪問着をつけて、髪をアップにまとめていた。

和服姿は初めてだった。

夫は一流企業の重役で、本人も良家の出だから、このくらい和服を着こなせても当然なのかもしれない。

「お待ちになりました？」

「いえ……来たばかりですから」

立ちあがって出迎えると、慶子は優美な仕種でテーブルの向かいに腰をおろす。すぐに従業員がやってきて、慶子に挨拶をした。どうやら、何度も来ている店らしい。従業員が、慶子に念を押した。

「ご予約のコースでよろしいですね？」

「ええ、いいわ。先生、飲み物はどうなされますか？　わたしは日本酒をいただきますが……」

「では、僕も同じもので」

慶子は日本酒の銘柄を言って、従業員が去り、二人になった。

奥まった席があらかじめ予約されていたので、突っ込んだ話をしても周囲には聞かれなさそうだった。

冷えた日本酒が来て、凝った会席料理が運ばれてくる。

福田優子を助けてくれたお礼を言う慶子は、優美で上品で、崇士はついつい見とれてしまう。

髪をアップにまとめているので、きれいな富士額《ふじびたい》が出て、髪の生え際が色っぽかった。

酒がまわるにつれて、色白の卵形の美貌の、目の縁や下側がほんのりと朱に染まり、崇士はドギマギしてしまう。

喋り方も優雅で、内容も的確で、この人のカリスマ性を思わずにはいられなかった。

だが、感心してばかりはいられない。あの件を切りださないと――。

雰囲気がほぐれたところで、崇士は思い切って言った。

「あの、ＰＴＡでの柴田さんとの件なんですが……」

彼女の名前を出しただけで、慶子の顔がわずかに引き攣った。

「何とかして、お二人に仲良くしていただきたいのですが……」

「先生、ちょっと言い方が違いますよ。わたしはもともと、彼女を憎んでいるわけでもないし、何とも思っていませんのよ。おわかりだと思いますが、向こうが一方的に……。本部の案に反対してばかりで。ですから、わたしのほうで動くことはできないでしょ？　違いますか？」

確かにそのとおりだ。しかし、それでは困る。

「この前、偶然お会いすることがあって、柴田さんとその件でお話をしたんですよ」

「……そうですの？」

自分を差し置いて、彼女と話したことが気に入らないのだろう、慶子が眉をひそめた。

「それで、事情を聞いたところ……」

崇士は、珠実は彼女の夫が慶子と関係を持ったことに、大いに不満を持っている。今も、夫はあなたに色目をつかっている。

だからその件で、慶子が謝罪しない限り、怒りはおさまらないし、協力することはないと言っている。

そう正面から切り込んでみた。

話を聞くにつれて、慶子の表情が険しくなった。

「柴田さん、そんなことを先生に言ったんですか？」

「はい……」

「どうしてそんな話をでっちあげるのかしら？　わたしは、関係など持っていませんよ。わたしを陥れるために、中傷をして、先生を味方につけようとしているんだわ。だいたい、わたしがそんな女に見えます？」

慶子がまっすぐに見つめてくる。

困った。珠実は嘘をつけるような柄ではない。

おそらく、慶子がすっとぼけている。慶子のように頭の回転の速い女なら、とっさにこのくらいの嘘をつけるだろう。しかし——。

「いえ、見えません。だから、びっくりしたんです」

「びっくりも何も……していないんですから」

「そうでしょうね。ええ、きっとそうです。会長さんがまさか、大学時代に帰省して、失恋の痛手を癒すために、自分を好きだった同級生と寝るなんて、そんなこと、なさらないですよね」

言って、その視線を跳ね返すくらい、じっと慶子を見た。

最初に目を逸らしたのは、慶子だった。

そこにタイミング良く、甘鯛の焼き物が運ばれてきて、ごく自然にその話題は途絶えた。

慶子が珠実に謝罪してくれれば、珠実の怒りは消えるだろうが、慶子はその事実を認めないのだから、謝罪どころではない。

やはり、福田優子を助けたくらいではダメなのだな。

がっくりきたが、最初からそうそう上手くいくとは思っていない。

話が運動会での仮装してのスプーンリレーのことに及び、

「セーラー服を着るなんて、そんな提案をすること自体が信じられないわ」

慶子が言うので、

「僕もそう思いますが、案外、生徒は喜ぶかもしれませんね」

「そうかしら？　喜ぶのは、オジさま連中だと思うけど」

「正直なところ、僕も、会長さんのセーラー服姿を見たいです。他の方はどうでもいいんだけど、芳野さんのセーラー服はすごく見たい」

「そう？　だけど、オバチャンがセーラー服なんて着ても、滑稽なだけよ」

「そうは思わないな。芳野さんなら、今だって絶対にかわいいですよ。僕なんか想像しただけで萌えます」

「気持ち悪い先生ね」

口ではそう言うものの、慶子は満更でもない様子に見えた。

途中で慶子は、用があるからと料理店を出て、しばらく帰ってこなかった。

戻ってきて、炊き込みご飯と赤だしの味噌汁が出て、最後にデザートの水菓子が運ばれてきた。

食べ終えて、店を出るときに、慶子が言った。

「じつは、今夜ここに泊まる予定なんですよ」

「えっ、そうなんですか?」

「うちの主人が後で来るの。それまでまだ時間があるんだけど、先生、ちょっとの間、お相手してくださらない?」

「かまいませんが……」

「行きましょ」

どこか違う店に入るのだと思っていた。

だが、慶子は着物姿でしゃなりしゃなりと歩いて、エレベーターに乗り、八階で降りた。

「あの……」

「八〇三号室なのよ」

まさかのことを平然と言って、慶子は前を歩き、八〇三号室の前で立ち止まり、カードキーで開けて、入っていく。

その後について部屋に入る。

瀟洒《しょうしゃ》な造りの部屋だった。ダブルベッドがでんと置かれ、椅子やテーブルを間接照明が浮かびあがらせている。

「あの……」

「なに?」

「部屋だと、後でご主人がいらしたときに、疑われませんか?」

「ふふ、バカね。信じたの? 主人は来ないわよ。ずっと、東京にいるんだから。きっと今頃、若い女といちゃついているわよ」

「じゃあ、さっき店を出たのは、部屋を取るためですか?」

「そうよ……」

振り返って言って、慶子が抱きついてきた。

着物の袖から突き出た白い両腕で、崇士の首を巻き込むようにして、顔を接近させる。椿油と化粧の芳香が、崇士を包み込んでくる。

「先生、柴田さんと寝たでしょ?」

「……いえ」

「この狭い町では、何かを隠れてしようと思っても、無理なの。先生、柴田さんの車でラブホに入っていくの、見られてるわよ。大丈夫。わたしのところで止めてあるから。広めないように口止めしてあるから」

「……」

愕然として、声も出ない。

「あの人とだけというのは、困るのよ。男は寝た女にどうしても肩入れするでしょ？　それに……あの嘘を広められても困るしね……」

やはり、珠実の夫に抱かれたのは、事実なのだと思った。そうでなければ、口封じはしないだろう。

次の瞬間、慶子が顔を寄せてきた。

背伸びするようにして、唇を合わせてくる。

（……！）

柔らかい、ルージュの塗られたぷにっとした唇が、崇士の唇をふさぎ、押しつけられる。

ルージュの甘く官能的な香りと、日本酒の匂いを残した吐息が、崇士の下半身を一瞬にして目覚めさせる。

顔を両側から手で挟み付けられているので、動くこともできない。

慶子の舌が唇をなぞり、歯列をちろちろと舐めてくる。

（ああ、何て人だ）

慶子はただ才色兼備というわけではないのだ。この誰もが羨《うらや》むような美貌の下には、強い女の欲望を隠している。

以前に、応接室で股間を触られたときも、すごく積極的で大胆だった。そして今も――。

慶子の右手がおりていき、ズボンの股間を柔らかく包み込んできた。

ゆるゆるとなぞるので、分身は途端に力を漲らせる。

「硬くなってきたわよ。先生、見かけによらず、性欲が強いのね」

至近距離で崇士を見て、股間に触れた指をいっそう激しく動かす。

これで昂奮するなというほうが無理だ。和服を着たＰＴＡ会長が、うちの学校の保護者でも飛び抜けた美女が、大胆に自分のペニスをしごいているのだから。

そのまま、崇士はベッドに押し倒された。

慶子は上になって、崇士の顔を見ながら、股間のふくらみをなぞっている。

「どうして、こんなに硬くしてるの？　教えて」

ととのった顔で見おろしてくる。

「……どうしてって言われても」

「先生、わたしのこと好きでしょ？　いつも、蕩けるような目でわたしを見てるもの」

事実だからこそ、言葉を返せない。

慶子はやっぱりね、という顔で微笑み、ポロシャツの裾をまくりあげ、下着もめくって、胸板にキスをしてくる。

ちゅっ、ちゅっと唇を押しつけながら、右手では股間のものを柔らかくマッサージしている。

椿油の芳《こう》ばしい香りと、小さい頃、母の寝室で嗅いだ化粧の甘いフレグランスが、崇士を包み込んでくる。

幸せだった。自分がこうしていることの言い訳さえ思いつかないほど、陶然としていた。

乳首をきゅっと甘嚙みされると、ぞくっとしたものが体を流れた。

そして、下腹部のそれは勃起しきって、先走りの粘液がブリーフを濡らしているのがわかる。

「気持ちいい？」

慶子が唇を胸板に接したまま訊いてくる。

「はい……すごく……」

「ふふっ、いつも素直だわね、先生は」

慶子は下半身のほうに移動して、足の間にしゃがんで、股間のふくらみをズボン越しに撫でさすってくる。愛しくてしょうがないといった触り方だった。

ふぐりのあたりから屹立に沿ってなぞりあげ、顔を寄せて、ついばむようなキスをする。

それから、ズボンに手をかけて、引きおろした。

グレイのブリーフを勃起が高々と突きあげているのを見て、ふっと口許をゆるめた。

「ぁああ、こんなにして……」

ブリーフ越しに頬擦りし、睾丸をさすりあげる。

それから、舐めてきた。薄い布地の上から、勃起に沿って舌を走らせる。

布地越しの愛撫を焦らされているように感じて、崇士はもっとと股間を突きあげていた。

舐められるごとに唾液が沁み込んできて、湿った感触が心地好かった。

慶子が唇を股間に接したまま言った。

「じかに舐めてほしい？」

「はい！」

うれしくて、即答していた。

「ふふっ、そういう自分を隠さないところがかわいいわよ」

すっきりした口角を引きあげて、慶子がブリーフに手をかけて引きおろし、足先から抜き取った。

閉じ込められていたものから解き放たれるように、分身が頭を振り、臍に向かって撥ねる。

「先生のはいつも元気がいいのね。この前もそうだったわ」

応接室で手でしごかれたときのことを思い出した。

「ほんとうはあのときから、こうしてみたいと思っていたのよ」

「ほんとですか？」

「ええ……」

慶子は上目遣いに崇士を見て、肉棹を握り、先端に舌を走らせる。

いつも冷静な目が、今はコケティッシュと言ってもいい女の媚と誘いの色を浮かべていた。

（会長さんも他の生徒の母親と同じでセックスレスだから、持て余しているのだ）

だが、慶子はプライドが高いから、夫がしてくれないなんて絶対に言わないだろう。それゆえに、ストレスは溜まってしまうに違いない。

慶子は亀頭冠の真裏の、裏筋の発着点にちろちろと舌を打ちつけながら、根元を握ってしごいている。

細くて直線的な指がしなやかにからみつき、時々、ぎゅっと強く握ってくる。

しかも、慶子は優雅な和服をつけているのだ。

次の瞬間、上から頬張ってきた。

「あっ……！」

思わず声をあげていた。

圧倒的な気持ち良さだった。ぷにっとした唇がゆったりとすべり、時々、舌が裏のほうをねぶってくる。

普段はプライドの高い、凛とした美人が、おぞましい肉棹にしゃぶりついているのが信じられない。

両肘を突いて、慶子をよく見た。

やはり事実だ。夢なんかじゃない。

這うような姿勢なので、アップに結われている黒髪の向こうに金糸の入った帯のお太鼓の結び目があり、着物に包まれた尻がこんもりとしたふくらみを見せている。

そして、その美麗な顔がうつむいて、唇の間に自分の肉棹が出たり、入ったりしているのだ。

「おおぉ、ぁあぁぁ……」

自然に悦びの声があふれた。

と、慶子は咥えながらこちらを見て目を細め、これはどうかしらとでも言うように、裏筋を舌から舐めあげてくる。

ツーッと舌でなぞられて、あまりの快感に震えあがった。

崇士の様子を見て、慶子は満足そうに微笑み、また上から頬張ってきた。

今度は指を離して、口だけで追い込もうとする。

唇を大きくすべらせ、根元から先端まで満遍なく摩擦し、いったん吐き出して横咥えし、肉胴にちろちろと舌を走らせる。

それから、また唇をかぶせ、

「んっ、んっ、んっ……」

亀頭冠を中心に素早く唇を往復させる。

「おおっ、おおおおっ！」

ジンとした痺れが切羽詰まった射精への欲求に変わった。

「うう、ダメだ。慶子さん、ダメだ」

思わず訴えると、慶子はちゅるっと吐き出して、崇士を見た。

「そろそろ先生にかわいがってほしいわ」

そう言う顔が上気して、いつもは冷静なアーモンド形の目がとろんとしていた。

3

崇士は、ベッドに足を崩して座った慶子を、後ろから抱きかかえる。

髪の椿油の濃厚な香りが強くなり、後れ毛のかかる楚々《そそ》としたうなじがすごく色っぽい。

右手を白い半襟ののぞく胸元から差し込むと、すぐのところに左の乳房が息づいていて、

「あんっ……！」

慶子ががくんと顔を後ろにのけぞらせた。

しっとりと湿った乳肌が柔らかく指にまとわりついてくる。

（ああ、これが慶子さんのオッパイか……）

和服の圧力を押し退けて、じかに乳房を揉みしだいていると、頂上のしこったものが指に触れた。

乳首はすでに充分に硬くなっていた。そこを指先でこねると、

「んっ……！」

慶子が低く呻いた。

（感じている。慶子さんが乳首で感じている！）

指で挟んで転がしてみる。いっそうしこってきた乳首がくり、くりと指の間でねじれて、

「あっ……あっ……」

慶子が声をあげて、背中を預けてくる。

後ろで結われた黒髪が顔にあたり、崇士は濃厚な芳香を吸い込みながら、さらに、乳房を揉みあげ、中心の突起をこねた。

「ぁああ、それ感じるの……」

慶子が顔をのけぞらせる。息づかいが荒くなっている。

後ろから抱えるように乳房を揉みしだくと、慶子の膝が伸びた。

両足を前に放り出すようにして、右膝を立てて内側によじっている。

崇士は左手を伸ばして、着物の前をつかんで右に左にはだける。現れた白い長襦袢をめくると、むっちりとした太腿がのぞき、

「ぁあああうぅ……」

慶子が太腿をぎゅうっとよじり合わせる。

崇士が左手で閉じ合わさった内腿をひろげ、一気にその奥へと差し込むと、ぬめりが指にまとわりついてきて、

「ぁああ、いやっ……」

慶子が首を左右に振る。和服の下にパンティは穿いていなかった。

ミンクのように繊細な陰毛の底に、濡れた狭間が息づいていて、ぬるっ、ぬるっと指がすべる。

「ああ、恥ずかしいわ……濡れてるでしょ、いっぱい」

「ええ、いっぱい濡れてます。感じやすいんですね」

「……しょうがないのよ。だって……」

「だって、何ですか？　しばらく、セックスしてないから、飢えた身体が応えちゃうんですね？」

「……バカなことを言わないで。そうじゃないわ。そうじゃなくて、先生が好きだからよ……あうぅぅぅ、そこ」

指がクリトリスに触れると、慶子がびくんと震えた。

夫とセックスレスであることを決して認めようとしない慶子が、プライドを守りつづける慶子の意地の張り方が、かわいいと言えばかわいい。

崇士は左手でクリトリスをさぐり、濡れた肉芽を包皮ごと円を描くように揉みながら、右手では乳首を同じように丸くこねる。

と、これが感じるようで、

「ぁああ、ぁあぁ……ぁああ、いや、恥ずかしい……」

そう口では言いながらも、慶子は下腹部をせりあげる。

和服の高貴な人妻が身悶えをする姿に、崇士はひどく昂奮する。そして、もっと感じてもらいたくなる。

「慶子さんのここを、舐めたいんです。這ってもらえますか？」

「そんな……シャワーも浴びていないのよ」

「僕は、慶子さんの生のあそこを感じたいんです。お願いです」

「仕方がないわね」

上体を離すと、慶子がおずおずとベッドに這った。

クンニしやすいように、崇士はベッドを降りて床にしゃがみ、慶子の腰をベッドの端まで持ってくる。

慶子はベッドに両手を伸ばして突き、尻を突き出している。

幾何学模様の散る裾をまくりあげ、つづいて白い長襦袢も尻のほうへとめくりあげる。

「ぁああ……」

慶子が消え入りたげな声を洩らし、顔を伏せて、右に左に振る。

見とれてしまうような光景だった。

丸々と充実しきった尻はゆで卵みたいな光沢を放ち、尻たぶの間にセピア色のアヌスが凝縮している。

その下の女の証は、ぷっくりとした陰唇が鶏頭《けいとう》の花のように波打ちながらひろがり、内部の赤い粘膜をのぞかせていた。

(慶子さんの身体にも、こんなにいやらしいオマ×コがついているんだ)

崇士は床にひざまずき、そっと顔を寄せた。

左右の尻たぶをひろげながら、狭間をひと舐めすると、

「あっ……！」

慶子が鋭く喘いで、背中をしならせた。

汗をかいているのか、少ししょっぱくて、プレーンヨーグルトみたいな淡い匂いが立ち込めている。

この人に悦んでもらいたい。そして、とことん感じてもらえたら、自分の言うことを多少は聞いてもらえるかもしれない。

舞子に教えてもらったことを思い出して、縦溝を何度も舐め、陰唇の脇に舌を走らせ、膣口にも丸めた舌を差し込んだ。

透明な蜜を舐めきれないほどに大量にあふれさせて、女の亀裂をぬるぬるにして、慶子は腰をくねらせる。

包皮をかぶった陰核を吸うと、

「あっ……！」

白足袋に包まれてハの字に開いた足が、ビクンッと撥ねる。

莢《さや》を剝いて、ぬっと現れた赤いボタンを、舌でちろちろとあやす。左右をくにくにとこね、ぎゅっと押し出すように陰核を舌で弾いた。

「ぁあぁぁ……あんっ、あっ、あっ……」

感じすぎてどうしていいのかわからないといったふうに、慶子はシーツを鷲づかみにして、尻を揺する。

雪白だった尻たぶがいつの間にかポーッと紅潮し、上方のアヌスもおののくように震えている。

普段は澄ましている会長が、一転して身悶えをするその姿が、崇士をかきたてた。

今度は濡れ溝とクリトリスを交互に攻める。ぬるっとした分泌液を肉芽に伸ばして、一緒くたにして舐めると、

「ぁああ、ぁあああ……欲しいわ。ねえ、欲しいわ」

慶子が首をねじって、眉を折り曲げて訴えてくる。

「いいんですか？　入れちゃいますよ」

「ええ、入れて、お願い」

崇士は床に立ったまま、屹立を濡れ溝に擦りつける。

「柴田さんとの件、考えていただけますね？」

「ルール違反よ、こんなときに」

「だったら、しませんよ。いいんですね？」

「……わかったわ。どうするって約束はできないけど、前向きに考えるわ。それでいいでしょ？」

「今の言葉、忘れないでくださいよ」

崇士はいきりたつものをゆっくりと沈めていく。

やはり、ひさしく受け入れていないのか、それとももともと入口が狭いのか、最初はなかなか入っていかなかった。

それでも、ちょっと力を込めると、亀頭部がとば口を突破し、細い女の道を押し広げていく確かな感触があった。

「ぁああうぅ……」

「おおぅ、くっ……」

根元まで打ち込んで、崇士は奥歯を食いしばった。

窮屈な肉路がぴったりと吸いついてきて、内へ内へと引き込まれるようだ。

「ああ、慶子さんのここ、すごい！」

思わず声をあげていた。

「ぁあぁ、いい……やっぱり、いい……」

慶子が心の底をのぞかせる。

すぐに洩らしてしまいそうで、動かせなかった。

柴田珠実の夫がいまだに慶子に未練を持っている理由がわかった。この身体は一度抱いたら忘れられなくなるだろう。

「ああ、ねえ、ねえ……」

慶子が腰をもどかしそうに揺らめかせた。

打ち込んでほしいのだ。しかし、ピストン運動したらすぐに出してしまいかねない。

「慶子さん、ご、ご自分で動かしてください」

窮余の一策だった。

「もう、意地悪な人ね」

そう言いながらも、慶子は自ら腰を振りはじめた。

四つん這いの姿勢で全身を前後に揺らすので、肉棹が尻の間に姿を消したり、現したりする。

「ぁああ、これ、いやっ……」

恥ずかしそうに言いながらも、慶子の腰は徐々に活発になっていき、肉棹が
じゅぶっ、じゅぶっと体内に嵌まり込んで、

「ぁうぅぅ……止まらない。止まらないのよ」

慶子は顔を伏せながらも、何かに憑《つ》かれたように腰を打ち振る。

クリーム色に幾何学模様の散った訪問着を身につけて、帯にはまくりあげた着物と長襦袢がかかっている。そして、むっちりとした下半身だけがあらわになっている。

その尻の底に、肉柱がずぶっ、ずぶっと埋まる。

崇士は腰を突き出して、尻の衝撃を受け止める。

きっと、こんな美しくもいやらしい光景には、もう二度とお目にかかれないだろう。そして、自分も攻めたくなった。

「打ち込んでほしいですか?」

「ええ……ちょうだい。お願い、突いて、お願いよぉ」

崇士は着物のまとわりつく腰をつかみ寄せて、静かに腰をつかった。

ゆったりと大きくストロークをすると、まったりとしていながらも締めつけの

強い肉路がからみついてきて、

「ぁああ、ぁああ……いいわ。やっぱり、いいの……そうよ、それよ。あんっ、あんっ、あんっ……」

慶子が四つん這いになった身体を揺らして、声を放つ。

崇士も打ち据えるたびに、狭隘《きょうあい》な膣でイチモツをしこたま締めつけられて、洩れそうになるのを必死にこらえた。

気持ち良すぎる。それ以上に、和服姿の淑女を後ろから獣のように犯すこと自体にひどく昂ってしまう。

と、慶子が言った。

「お願い……お尻をぎゅっとつかんで」

「こ、こうですか?」

もちもちの尻肉を右手でかるくつかんだ。

「もっと、もっと強く」

「こうですか?」

「そうよ、そう……そのまま突いて」

崇士は両手で尻肉を強めにつかんで、指を肉層に食い込ませながら、ぐいぐいと屹立を押し込んでいく。

「ああ、そうよ。ぁああ、あんっ、あんっ、あんっ……気持ちいい。気持ちいいのよ」

慶子は結われた髪を上げ下げして、凄艶な声をあげる。

普段は毅然とした態度を崩さない会長が、いざベッドインすると、こんな奔放な姿をあらわにする。女はわからない。いや、そうではない。女はみんな、もうひとつの夜の顔を持っているのだ。

崇士は尻をぎゅうと握りつぶすようにしたり、反対にやさしく撫でさすったりする。

そうしながら、奥歯を食いしばって打ち込んでいく。

「ぁああ、ぁああ、もうダメっ……」

慶子が両肘を突いて、そこに顔を載せ、腰だけを高々と持ちあげる。

和服をつけたまま後ろからするのを、確か『孔雀セックス』と呼ぶのだと思い出した。まくりあげられた着物が美しい柄を見せて、それを孔雀の開いた羽と見立てて、そう呼ぶのだろう。

（まさに、慶子さんの美しさは孔雀と呼ぶに相応しい）

崇士は舞子のアドバイスを思い出して、深いところのポルチオを突いて、ぐりぐりとこねる。それから、浅瀬のGスポットを一転して擦りあげる。

慶子は両方とも感じるようだった。

「ぁあああ、ぁあああ……」

酔いしれたような喘ぎを長く伸ばして、時々、顔を撥ねあげる。

前に伸びた、袖からこぼれた白い手が、シーツを鷲づかみにした。

「ぁあああ、イクわ。イキそうなの……」

「いいですよ。イッてください。そうら」

たてつづけに深いところに届かせた。

「んっ、んっ、んっ……ぁあああ、ぁあああ、イクわ、イッていい？」

「いいですよ、イッて……」

慶子のような気位の高い女が、許可を男に求めてくる。その落差がこたえられなかった。無我夢中で叩きつけると、

「あんっ、あんっ、あんっ……ぁあああぁぁぁ、イク、イク、イっちゃう……やぁあああああぁぁぁぁ、はうっ！」

慶子がどっと前に突っ伏していく。

崇士も追って、折り重なっていく。硬い帯を感じた。そして、尻がエクスタシーでひくひくっと痙攣する。

もう少しで射精というところを、崇士は奥歯を食いしばってこらえた。

4

慶子は家に電話をして、今夜はＰＴＡの打ち合わせで遅くなるから娘をよろしくお願いしますと伝えた。

「これで、しばらくは大丈夫よ」

そう言って、ベッドを降り、後ろを向いて帯を解きはじめた。

金糸の入った帯の結び目を解き、シュルシュルッと衣擦れの音をさせて、ほどいていく。

着物と長襦袢を脱いで、慶子は髪止めも外して、顔を振った。長い黒髪が生き物のように枝垂れ落ちて、肩や背中にかかる。

慶子が胸を隠して、こちらを向いた。

一糸まとわぬ女体は色が抜けるように白く、全体がふっくらとした女の曲線に覆われていて、隠された乳房もたわわである。

よく手入れされた陰毛の翳りが細長く走り、太腿も長くむっちりとしている。

慶子は帯締めの柔らかな布を持って、言った。

「先生、これで縛ってくださらない？」

「……縛るんですか？」

「ええ……手を前で」

慶子が差し出してくるので、手首をひとつに合わせて、おそらく縮緬だろう帯締めでくくった。

縛りなどやったことはないが、このくらいならできる。

「さあ、これでもうわたしは抵抗できないわ。あなたの自由よ。好きなようにして」

慶子が仰向けに横たわった。

そして、崇士は舞子の言葉を思い出していた。

女は男に身をゆだねた瞬間に、あそこが濡れるの——。

あのとき、舞子は自ら両腕を頭上にあげた。

「手を頭の上に……」

言うと、慶子は艶めかしく微笑んで、ひとつにくくられた両手を頭の上にあげた。すると、腋の下が全開し、身体の構造の関係で乳房も少し上にあがる。

「そのままですよ、いいですね？」

うなずく慶子の目はとろんとして、期待に濡れていた。

崇士はぞくぞくしたものを感じながら、顎から首すじにかけてキスをおろしていき、同時に乳房を揉みしだいた。指が柔らかな乳肉に沈み込み、

「ぁああ……くぅぅぅぅ」

慶子は顔をそむけて、喘ぎを押し殺した。

ちょうどいい大きさの乳房を揉み込みながら、頂上にしゃぶりついた。

硬貨大の乳暈からせりだした乳首はピンクを残していて、慶子の状態そのままにいやらしく突き出している。

突起を吸い、舐め転がすと、

「んっ……あっ……んん……ぁああ、ぁあああぁぁ」

悩ましく喘ぎながら身をよじる慶子が、たまらなく色っぽかった。

崇士はそのまま顔を横にずらして、腋の下に顔を埋めた。わずかに汗ばんだ腋窩はきれいに剃毛されていて、二の腕の付け根へとつづくところに筋が浮きあがり、それが窪みを強調していた。

仄かに籠もっている甘酸っぱい体臭を吸い込みながら、窪みを舐めた。

ぺろっ、ぺろっと舌でなぞりあげると、

「んっ……んっ……ぁあああ、恥ずかしいわ」

反射的に慶子が腕をおろそうとするので、その腕を押しあげる。

その姿勢のまま、腋窩を舐めた。

舌を横に揺らし、上下に動かす。ざらり、ざらりと舌が剃毛処理された腋の下を這い、

「あっ……あっ……やぁあああぁぁぁ」

慶子がひときわ鋭く反応した。

やはり、拘束されていると、いっそう感じるようだ。

慶子のように才色兼備で会長まで務める女だからこそ、自由を奪われて、それに身をゆだねて我を忘れるときが必要なのかもしれない。

崇士は腋の下を唾液でべとべとになるまで舐め、そのまま二の腕へと舌を這いあがらせる。

多少ゆとりのある二の腕を舐めると、

「ああ、そこはダメよ……」

慶子がいやがった。おそらく、二の腕のわずかな贅肉が女性として自分でも許

せないのだろう。

「この、ぷるぷるした感触がいいんですよ」

言って、肘まで舐めあげ、そこから、またおろして、腋窩にしゃぶりつく。

そのまま、顔をおろしていき、脇腹に舌を走らせる。

浮き出た肋骨の階段に舌を上下させると、ここが感じるのだろう、

「あっ……あっ……」

慶子はびくっ、びくっと震える。

崇士はふたたび乳房に攻撃を移し、両方の乳首を吸い、それから、両手で乳首をこねてやる。

二つの目のような乳暈から痛ましいほどにせりだした乳首を、指で挟んでくりくりと転がし、トップを指腹でまわし揉みし、そして、全体を荒々しく揉みあげる。

「んんっ……あっ……あっ……はうぅぅ」

慶子の腰があがりはじめた。

細長い翳りを貼りつかせた恥丘がせりあがり、せがむように上下に打ち振られる。

「腰がいやらしく動いてますよ。どうしました？」

わかっていて訊くと、慶子はぴたりと動きを止める。また、乳首をしゃぶると止まっていた腰がもうこらえきれないといったようにせりあがった。

「また、動いてますね。腰が……」

「ぁああ、言わないで……ねえ、ねえ……」

慶子が潤みきった瞳を向けて、訴えてくる。

「ねえ、だけではわかりませんね」

「ああん、もう、意地悪なんだから……欲しいの。あなたのこれを、これをちょうだい」

腕を解いて、慶子が右手をおろして、肉棹を握る。

きゅっ、きゅっとしごいて、それを下腹部のほうへ持っていこうとする。

「いやらしい会長さんだ。会長さんがこんなにスケべだとは……」

「もう、いじめないで……お願い、して……我慢できないの」

「……柴田さんとの件、お願いしますね」

「わかったわ、だから……」

慶子が心から入れてという顔で訴えてくる。

崇士は下半身のほうにまわり、膝をすくいあげた。

一度侵入を許した女の苑は陰唇がめくれあがり、内部の赤みがあらわになっていた。

切っ先を押しあてて、慎重に腰を進めると、亀頭冠がとば口を割り、ぬるぬるっと嵌まり込んで、

「はうっ……！」

慶子が顔をのけぞらせた。両手をさっきのように頭上にあげて、顎を突きあげる。

（ああ、気持ちがいい。何ていやらしいオマ×コだ）

窮屈な女の祠が吸いついてきて、まだ何もしないのに、ウエーブを起こしたみたいに硬直を締めつけてくる。

崇士は上体を立てて、膝を押し広げながら、ゆったりと腰をつかう。

ひろがった太腿の間に、自分のいきりたちがずぶっ、ずぶっと埋まり込んでいく様子がはっきりと見える。

そして、上反った肉棹が膣の天井にあるＧスポットをずりずりと擦りあげていく感触が伝わってくる。

「ぁああ、いい……いいのよぉ……」

慶子はほとんどすすり泣いていた。

両腕をあげ、腋の下も乳房もあらわにして、足をM字に開かされている。

その無防備な格好が、崇士を駆り立てる。

次第に強いストロークに切り換えていくと、切っ先が子宮口を突き、乳房がぶるん、ぶるるんと揺れて、

「ぁああ、ぁあああ……奥がいいの。貫かれてる……ああん、そこ……あっ、あっ、あっ……」

慶子は仄白い喉元をのぞかせ、のけぞった顔を狂ったように左右に振る。

崇士も高まってきた。だが、まだ終わりたくはない。

足を離して前に屈み、ひとつにくくられた両手を頭上に押さえつけて、のしかかるようにして腰をつかった。

すると、その支配され、自分は身動きできない状態がいいのか、慶子は、

「あっ、あっ、あっ……んんんんっ……ぁあああ、へんよ。へんになってる……先生、先生」

「僕はここにいますよ」

「キスして」

崇士は腕を押さえつけたまま、唇を奪った。

するると、慶子は自ら舌をからめてくる。情熱的に舌をぶつけながら、M字に開いた足を崇士の腰にからませ、もっと深くにとばかり下腹部を擦りつけてくる。

その欲望をあらわにした所作が、崇士を昂らせた。

顔をあげて、つづけざまに腰を躍らせた。

まったりとした粘膜がぴたりと吸いついてくる。そこを削るように切っ先を往復させると、射精前に感じる甘い疼きがひろがってきた。

「慶子さん、慶子さん……おおぅぅ」

「ぁあああ、いいわ、いい。そのまま、そのまま……ぁあああ、ぁあああああ、……」

慶子がさしせまった喘ぎを長く伸ばした。

崇士は射精覚悟で打ち込んだ。腕を押さえつけながら、ずりゅっ、ずりゅっと分身をめり込ませていく。壊れよ、とばかりに強く打ち据えた。

「ああ、そうよ、メチャクチャにして。何もかも忘れさせて」

「そうら、メチャクチャになるんだ」

猛烈に腰をつかいながら、ほぼ真下にある慶子のイキ顔を見たくて、じっと見おろしている。

ズンッと打ち込むたびに、慶子は高々と顎をせりあげ、眉間の縦皺を深く刻み、開いた唇を震わせる。

（きれいだ。この人はイクときの顔もきれいだ！）

吼えながら打ち込んだ。

「おお、おおぉ！」

「あっ、あっ、あっ……ぁあああ、イク、イキます……イッていい？」

「いいですよ。僕も、僕もイキます。慶子さんのオマ×コ、気持ち良すぎる！」

ぐいぐい打ち据えたとき、

「イクぅ……やぁあああああぁぁぁぁぁぁ、くっ！」

慶子は表情が見えなくなるまで顔をのけぞらせた。

それを見て、崇士も駄目押しの一撃を叩き込みながら、しぶかせていた。

脳天にまで突き抜けるような放出感に、尻が震える。射精しながら、何度も体が痙攣してしまう。

打ち終えたときはもう何も考えられずに、がっくりとなって、慶子に身を預ける。

しばらくすると、慶子がひとつにくくられた腕で、崇士の体をぎゅっと抱きしめてきた。

第六章　セーラー服の人妻たち

1

運動会当日、次に行なわれるPTA種目・団対抗スプーンリレーのために、PTA役員たちがゲート裏に集まっていた。

M東小学校の運動会は、地域ごとに東西南北の四つの団に分かれて行なわれる。PTA役員も四つの団に分かれ、それぞれがテニスのラケットにテニスボールを載せて運び、それを次の走者に引き継ぐ。

種目の担当教師である崇士は、競技の説明を簡単に行ないながらも、どこを見ていいのか困っていた。

集まったのは全員女性で、しかも、中学や高校のときのセーラー服を着ているのだから。

一カ月前に行われたPTAの定例会で、本部がスプーンリレーをセーラー服を着て行なうという珠実の案に賛成して、案が可決されたのである。

学校側も聞かされてなかったことであり、崇士も驚いた。

そして、芳野慶子と柴田珠実は和気藹々《あいあい》としていて、それまであった対立がなくなっているように見えた。

会議の後の懇親会で、慶子のほうからこう切り出してきた。

『どう、これで。先生との約束は守ったでしょ？』

『……お二人は仲直りなさったんですね』

『柴田さんとじっくり話したのよ。彼女のダンナさんのことも含めてね。わたしはありのままを話しました。すべてをね。もちろん、ダンナさんとの件に関しては謝ったわよ。そして、彼には一切興味がないことも話した。女同士だって、すべてを忌憚《きたん》なく話せばわかりあえるものなのよ。それが、今回のことでよくわかったわ。その証として、今回の件に関しては彼女の案に賛成しました。彼女も今後、反対のための反対はしないと約束してくれたわ』

『ありがとうございます。これで、我がＰＴＡも円滑に運営できます』

『ふふっ、先生の例の画像も、それぞれで消すことに決めたから。これで、先生も安心して眠れるでしょ？』

『はい……うれしいです』

二人に感謝したくなった。

そして、崇士はこうも思った。やれば、何とかなるものだと。

今まで、流されるだけで何もできなかったが、人間、勇気を出して一歩を踏み出せば、相手もそれに答えてくれるものなのだ——。

そして、運動会当日になり、崇士はスプーンリレーに備えて集まったＰＴＡ役員のセーラー服姿に、感動さえ覚えていた。

何しろ、下は二十代の前半から上は四十代までの、子供のいる人妻が三十名ほどが、中学、高校時代の制服を身につけているのだから——。

圧倒された。

芳野慶子は、高校時代のセーラー服姿で、上は白の半袖で下は膝丈の紺色のプリーツスカート。

紺色のセーラーカラーには白いラインが三本入っており、胸前で可憐に結ばれたリボンは鮮やかな赤だ。

髪を後ろでポニーテールに結んでいた。それがよく似合って、清純な女子高生のようだ。

ただし、実際は三十八歳であり、いくら容姿がととのっていて見た目は若いといえ、セーラー服を持ちあげた胸は大きすぎるし、全身から滲みでる雰囲気は落ち着いた熟女だ。

成熟した美女が高校時代の清楚なセーラー服を着ているというギャップが、たまらなくセクシーだった。

本人も最初は恥ずかしがっていたようだが、

『会長、セーラー服がよく似合う。かわいい！』

と、周囲から褒めそやされて、だんだんその気になってきたらしい。

会長が清純派だとすれば、柴田珠実はヤンキーそのものだった。

紺色のセーラー服で、セーラーカラーも紺色で臙脂《えんじ》色の二本線が入り、胸前で結ばれたリボンも渋い臙脂。

そして、濃紺のプリーツスカートは異常に長くて、足首の近くまである。

髪も茶髪で、目付きもいつになく鋭く、それこそ、竹刀でも持たせたら似合いそうな完全なスケバンであった。

だが、崇士がもっとも驚き、見とれたのが、伊吹舞子の制服姿であった。

舞子は人数調整でスプーンリレーに駆り出されていた。

最初は二十代の女教師が指名されたのだが、二人に拒否され、結局、舞子にお鉢がまわってきたのである。

三十三歳と年齢が若いこともあってか、胸前にリボンのついたかわいい白いブラウスを着て、タータンチェックのプリーツミニを穿いていた。

走るときにメガネをつけていては邪魔になると考えたのか、メガネを外していたので、最初は周囲が誰かわからなかったほどだった。

メガネを外した顔は自分だけが知っている——。

そう思いたい崇士はやきもきしたが、しかし、舞子の制服姿はほんとうにかわいかった。

メガネを外すと、もともとぱっちりした目が強調され、ややふっくらとした感じもかえって若々しかった。

ブラウスを持ちあげた巨乳は目立っていた。そして、膝上二十センチのプリーツミニから突き出た、まっすぐに伸びた長い足と白いソックスとの対比がとてもエロかわいかった。

崇士と目が合うと、真っ赤になる女教師を、すごく愛おしく感じてしまう。

やがて、前の競技が終わり、崇士はもうひとりの引率教師とともに、セーラー服を着た人妻たちをスタートの位置に誘導していく。

運動場を半周して、次の人にラケットとボールを渡すのだ。

崇士の誘導していたのは、偶数順に走る組で、したがってアンカーも含む。慶子が東団、珠実が北団のアンカーを任されているので、こっちの組にいる。

やがてピストルの音とともに、リレーがスタートした。

それはもうすさまじい光景だった。

様々なセーラー服を着た人妻たちが、テニスのラケットにボールを載せて、懸命に走る。

走る前は、落とさずにまわってこられればいいわよね、と和気藹々としていたのに、いざ競技がはじまると、子供たちの声援もあり、また、女性特有の競争本能が目覚めるのか、みんな必死の形相である。

セーラー服の裾をひるがえし、ラケットを巧みに操って、運動場を走る。

しかし、途中でボールを落とした組はどうしても遅れてしまう。

南団に組み込まれていた伊吹舞子が走り出すと、大きなオッパイがゆさゆさ揺れて、タータンチェックのミニスカートがひるがえり、パンティが見えそうだった。

そして、生徒ばかりか、男親も「先生、頑張れ」と声援を飛ばす。

（やっぱり、舞子先生は人気がある）

しかし、オッパイが揺れすぎだよな、などと見ているうちにも、舞子は何とか転ばずにバトンタッチすることができて、崇士もほっと胸を撫でおろした。

こういう競技は自然と差がついていくものだが、アンカーにバトンタッチする際には、東団がトップで僅差で北団が二位、そして、南団、西団とつづいていた。

東団の慶子が優美な動きで走り出す。

その数秒遅れで、珠実がラケットとボールを受け取って、すごい勢いで前を追いはじめる。

慶子は清純そのもののセーラー服姿でポニーテール、珠実はスケバンそのものの長いスカートを穿いて、茶髪と、対照的な二人である。

当然のごとく、衆目は二人に集中した。

十メートルほどあった差が見る見る縮まっていく。

その姿は、清純な女子高生に、スケバンが猛然と襲いかかるという構図で、慶子派の親からは悲鳴があがった。

と、外側に並ばれた慶子が俄然スパートした。

それまでは優雅に走っていたのに、持ち前の負けず嫌いが頭を擡げてきたのか、急に動きが速くなり、また差をつけた。

それを、珠実がドドドッと土煙を立てて、スケバン風スカートをひるがえして追う。

二人とも巧みにラケットを操って、ボールを落とさない。

最後のコーナーで、珠実がわずかに慶子を抜いた。

と、慶子がまた踏ん張って、抜き返す。

慶子のスカートがまくれ、むっちりとした太腿までものぞいて、男親たちはその太腿に釘付けになっている。

最後の直線になって、珠実が絶対に負けないとばかりに、またぐいと体ひとつ出た。

慶子が最後の力を振り絞って並んだ。

珠実がまた抜こうと内側に寄ったとき、二人の足がからんだ。

次の瞬間、もつれあうように二人は転んだ。

慶子がポニーテールを振って、斜め横に転び、そこに足を引っかけた珠実も地面にダイブした。

転んだ拍子に、慶子のプリーツスカートがまくれて、成熟した太腿と清純派の象徴である純白のパンティが見えた。

そして、珠実もヘッドスライディングのようにダイブしたので、長いスカートがめくれて、これはピンクのパンティがのぞいてしまった。

観衆がほぼ全員、息を呑んでいた。

二人とも下着を披露していることに気づいたのだろう、ハッとした様子でスカートをおろした。

二人が転がっていったボールをさがしている間にも、後につづいていた南団と西団のアンカーが二人を申し訳なさそうに抜いていった。

先に体勢を立て直した珠実が、膝を気にしている慶子に声をかけ、最後は二人揃ってゴールするのを見て、観衆から拍手が起こった。

崇士も二人に拍手を送りながら、これで二人の結束も高まるに違いないと思った。

2

膝を擦りむいて、血を流している慶子を、崇士は競技担当の教師として、保健室に連れていった。

養護教諭は本部のテント内で、怪我をした生徒たちの処置をしていて、保健室には誰もいなかった。

セーラー服姿の慶子をテントの養護教諭に診せようとしたら、恥ずかしいから保健室で、と慶子が譲らなかったのである。

水道で患部の砂を洗い流してから、慶子をベッドに座らせる。

消毒やガーゼの用意をしていると、慶子が言った。

「何だか、みっともなかったわね。恥ずかしいわ」

「いや、そんなことないですよ。感動しました。お二人の頑張りと、それに、転んだ後に起きあがって、諦めないでゴールした姿にも」

「そう……?」

「ええ、ほんとうです」

崇士は前にしゃがんで、膝を消毒する。

消毒液を含ませた脱脂綿で、擦りむいた膝を叩くようにしながら、崇士は昂奮を抑えきれないのだ。

目の前には、セーラー服姿の慶子がいて、消毒するためにスカートをあげているので、太腿がかなり際どいところまで見えてしまっている。

それに、大量に汗をかいていて、白いセーラー服のところどころから肌色が透け出て、ブラジャーのストラップも透けて見える。

消毒を終えて、そこに滅菌ガーゼをあてて、絆創膏で止め、さらに、取れないように包帯を巻いた。

「先生、手当てが上手ね」

慶子が言うので、最後に包帯を止めて、顔をあげた。

と、すぐのところに、慶子の顔がせまっていた。髪をポニーテールに結んだ慶子は、色白の顔がほんのりと上気していて、ドキッとしてしまう。

「先生?」

「……何ですか?」

「ちょっと待ってね」

慶子は立ちあがり、足をかばいながらも、窓のブラインドを閉め、ひとつしかないドアの鍵を内側からかけた。

薄暗くなった保健室で、慶子は崇士に近づき、静かに抱きついてきた。

何が起きたのかというとまどいとともに、慶子の汗と香水の混ざった甘い体臭と、しなる身体に、下腹部が一気に力を漲らせた。

清純そのもののセーラー服を着た、三十八歳の人妻に抱きつかれて、昂奮しない男などいやしない。

「どうしたのかしら？　すごく、今、したいの」

慶子が耳元で言って、崇士の手を取り、スカートのなかに導いた。

汗ばんでしっとりした内腿の奥に指を伸ばすと、パンティがぐっしょり濡れていた。

「すごいでしょ？　濡れているのがわかるのよ。この格好のせいかしら？　それとも、さっき下着を見られたせい？　見たでしょ、先生も。わたしの下着を」

言いながら、慶子は右手をおろして、崇士のジャージズボンの股間をなぞってくる。

「……ええ。見えてしまったので……白でした。純白でした」

「ああ、やっぱり……恥ずかしいわ。死んじゃいたい……ぁあああ、死んじゃいたい……ぁあああうぅ」

慶子は情熱的にジャージの股間を撫でさすりながら、パンティの基底部を崇士の手にぐいぐいと押しつけてくる。

「ねえ、して……いいでしょ？」

「いや、でも、見つかったら……時間もないですし」

言うと、慶子の手がジャージズボンの下に潜り込んできた。じかに肉茎を鷲づかみにして、強く擦ってくる。

「ううっ、ダメですよ、会長……くぅぅ」

呻きながら周囲を見まわしていると、慶子がしゃがんだ。

ジャージズボンとブリーフを一気におろし、この状態でもあさましくいきりたっている肉柱の根元を握り、先端を頬張ってきた。

信じられなかった。

まだ運動会の真っ最中だというのに、セーラー服姿の人妻に、オチ×チンを咥えられている。

気が急いているのだろう、慶子は速いピッチでしごき、唇をすべらせる。

湧きあがるジーンとした快感のなかで、下を見た。

ポニーテールに編まれた髪、端整な顔つき、そして、唇がおぞましい肉柱にからみついて、行き来している。

白いセーラー服の襟元で赤いリボンが揺れ、行儀良く揃えられた白いソックスの上で、紺色のプリーツスカートに包まれた腰がもどかしそうに動いている。

「んっ、んっ、んっ……」

慶子はつづけざまに肉柱をしごいて、ジュルルッと唾をすすりあげた。

吐き出して、裏筋を舐めあげてくる。

舌を走らせながらも、崇士の顔色をうかがうようにコケティッシュに見あげてくる。

優雅な美貌を上気させ、懸命に舌を走らせるPTA会長——。

外からは運動会の歓声が聞こえてくる。

だが、湧きあがる快感に、運動会の音さえ気にならなくなった。

慶子は包皮小帯を舌でちろちろとあやしながら、ぎゅっ、ぎゅっと肉棹を指でしごいてくる。

もう我慢できなかった。

慶子をベッドに押し倒して、自分もベッドにあがった。

片足を立てているので、プリーツスカートがめくれて、むっちりとした太腿がのぞいていた。白いセーラー服に三本線の走る濃紺のセーラーカラー、その襟元には赤いリボンが可憐に結ばれている。

高校生にしては豊かすぎる胸のふくらみと、どこかむっちりと熟れた足、そして、優雅な大人の顔——。

こらえきれなくなって、セーラー服を押しあげ、純白のレース付きブラジャーをぐいと上にずらした。

たわわで形のいい乳房がまろびでてきた。青い血管が走る乳肌は汗ばみ、ツンとせりだした乳首が年齢を感じさせて、ひどくいやらしかった。

むしゃぶりついていた。

左右の乳房を揉みしだきながら、突起を吸い、舐め転がすと、カチカチになった乳首が動いて、

「んっ……あっ……あっ……くぅぅぅ」

慶子は右手の甲を口にあてて、喘ぎを抑えた。

格好は女子高生なのに、声も反応も熟れた女そのもので、そのギャップがたまらなくエロかった。

胸を吸いながら、右手をおろし、スカートをまくりあげた。

パンティの内側に手をすべりこませると、柔らかな繊毛の底に洪水状態の女のとば口が息づいていた。

指をすべらせると、ぬるっ、ぬるっと粘膜がからみついてきて、

「ぁあぁっ……くっ、くっ……」

慶子は声を押し殺しながらも、下腹部を横揺れさせ、縦に振って、感じる部分に指をあてようとする。

信じられないほどに濡れていた。

蜂蜜を塗りつけたようで、指がぬるぬるとすべり、女性器の部分の区別がつかないほどに均一に蜜まみれだった。

「慶子さん、こんな清純なセーラー服なのに、あそこがとろとろですよ。高校生はこんなに濡らしませんよ、きっと」

「ああ……わたし、この姿を鏡で見たときから、おかしいのよ。ねえ、欲しいわ。あれが欲しい」

慶子が顔を持ちあげて、哀願してきた。

崇士は人の気配がないのを確かめて、足のほうにまわった。

純白のパンティをおろして、足先から抜き取った。

膝をすくいあげると、スカートがまくれあがり、太腿の奥に翳りとともに、熟れた雌花がよじれた花弁をひろげ、赤くぬめ光る粘膜をのぞかせていた。

その成熟した女性器と、セーラー服の清楚な格好の対比がたまらなかった。

もう一刻も早く、女体を味わいたくなっていた。

いきりたつものを上から押さえ込むようにして、とば口をさぐり、一気に突き入れた。

切っ先がそぼ濡れた肉路を押し広げて、根元まで嵌まり込んで、

「くっ……！」

慶子が声を抑えて、のけぞりかえった。

包み込んでくる粘膜と、温かい内部を感じながら、夢中で腰をつかった。

上体を立てたまま、膝を開かせて打ち据えると、

「んっ……んっ……ぁあああ、いいの」

慶子は両手を頭上にあげて、セーラー服をこんもりと盛りあげた胸のふくらみを揺らし、顎をせりあげる。

崇士の顔の近くにある左右の白いソックスに包まれた小さな足が、ぎゅうと内側によじり込まれ、外側に開く。

そこで、崇士はふと思いついた。慶子は縛られるといっそう高まることを。

胸前で結ばれた赤いリボンをほどいて、慶子の両手を前に出させて、手首をス

カーフで縛った。

「ああ、これ……たまらないわ」

慶子がひとつに結ばれた両手を頭上にあげた。それを見て、崇士は強く腰をつかった。

スカートのはだけた足を慶子はM字に開いて、崇士の律動を受け止め、気持ち良さそうに顎をせりあげる。

「ぁああ、へんになる。へんよ、もう、へんになってる……ぁああ、ぁあああああ……もう、イク……イクわ。イキます……イッていい？」

慶子が訊いてくる。

「いいですよ、イッて」

崇士がたてつづけに打ち込むと、慶子が「くっ」とのけぞりかえった。それから、がくん、がくんと揺れる。気を遣ったのだ。

だが、崇士はまだ元気だった。

今度は前に屈み、両手を押さえつけるあの格好で、腰を躍らせた。

「ぁあああ、また、また、来ちゃう……許して、もう、許して」

「許しませんよ」

崇士はセーラー服の胸を揉みしだく。

ブラジャーが外れていて、乳首が透け出ていた。変色した突起が白い布地から突き出していて、そこを舐めた。

セーラー服越しに乳首を吸い、しゃぶると、白い布地が唾液を吸って、乳首に貼りつき、色がいっそう濃く透けてきた。

「ぁああ、ぁあああ……もう、許して、へんになる。へんになる」

慶子は赤いスカーフで結ばれた両手を頭上にあげたまま、ポニーテールの頭を後ろに擦りつける。

じかに触れたくなって、セーラー服をたくしあげた。

ぶるんと転げ出てきた、たわわな乳房をじかに揉みあげながら、腰を打ち据えた。

「ぁああ、ぁあああ……また、来る。また、イッちゃう……」

慶子が顔をいっぱいのけぞらせる。

「イキますよ。僕も出しますよ」

「ああ、来て……慶子のなかに出して。慶子を穢《けが》してちょうだい」

崇士は思い切り腰をつかって、怒張を叩き込んだ。

慶子の両手を頭上に押さえつけたまま、くいっ、くいっと腰を躍らせると、よく締まる肉路が雁首にまとわりついてきて、一気に高まった。

この姿を目に焼きつけておきたい。

上から食い入るように見つめながら、遮二無二叩き込んだ。

「あっ、あぁん……ぁあああ、ぁああぁぁぁ……イクわ、イク……ああ、狂っちゃう」

「そうら、出しますよ」

奥のほうの子宮口をつづけざまに突いたとき、

「イクぅ……くっ……あっ、あっ……」

慶子が胸をせりあげ、それから、がくん、がくんと躍りあがった。それを見ながら、もう一度奥まで届かせたとき、熱いものがしぶいた。

放出しながら、慶子の顔を見つづけた。

慶子は眉を吊りあげ、ハの字に折り曲げ、口をOの字に開いて、のけぞりながら震えている。

すべて出し終えると、急に外の運動会の音が大きくなった。

挿入を外して、慶子の手のリボンをほどいた。ズボンとブリーフを穿いていると、慶子が言った。

「先に出ていて。わたしは後で出るから……今、動けないの」

慶子はセーラー服姿でぐったりとベッドに横たわっていた。まくれあがったスカートを直す気力もないといった様子で、精根尽き果てたように仰向けになっている。

崇士はその清楚で淫らな姿を目に焼きつけて、保健室を後にした。

3

一カ月後、崇士は伊吹舞子のマンションに来ていた。

この日は崇士の二十六歳の誕生日であり、舞子が祝ってあげると言うので、喜び勇んで駆けつけた。

明日は日曜日で、学校が休みだから、今夜は心おきなく舞子と過ごせそうだ。

リビングのソファに座っていると、部屋の明かりが暗くなり、ローソクの炎が揺らめくケーキを、舞子が「ハッピーバースデー・トゥ・ユー」と歌いながら、持ってきた。

二十六歳を記念した六本の赤いローソクの炎に、花柄のワンピース姿の舞子の顔が下から照らされている。

メガネをかけているので、レンズに六つの炎が赤く映って見える。

センターテーブルにケーキを置いた舞子に「おめでとう」と言われ、崇士がローソクを吹き消そうとすると、

「そのままにしておいて……」

舞子がソファの隣にやってきた。

メガネを外してテーブルに置き、横からじっと崇士を見る。

ローソクの炎に浮かびあがる舞子の顔は、つぶらな瞳がきらきら光り、ぽっちりとした肉厚な唇が濡れたように艶めいて、すごくセクシーだ。

舞子が左手をズボンの膝に置いて、言った。

「PTAの件、良かったわね。大活躍だったね」

「いえ、舞子さんの助言があったから。それに、僕、すごく勇気をもらって。舞子さんのお蔭です」

「ありがとう。そう言ってもらえると、うれしいわ。でも、きみが自分で成し遂げたことよ。だいぶ、自信がついたんじゃない？」

「ええ、少しは……」

「わたし、きみが絶対に変われると信じていたのよ。だって、きみはお父さまの子だもの」

その言い方に、何か引っ掛かるものを感じた。

「舞子さん、僕の父のこと、もしかして知ってるんですか？」

「ええ……よく知ってる」

「よく、って……？」

舞子が当時のことをぽつり、ぽつりと話し出した。それは、崇士が思ってもみなかった事実だった。

舞子が教師になってしばらくして、クラスがまとまらず、生徒も自分の言うことに耳を傾けてくれなくて、悩んでいたことがあったと言う。

「そのとき、わたしに助言を与えてくださったのが、あなたのお父さまだったのよ」

舞子がひとり飲み屋で悪酔いしていたとき、当時すでに起業した会社の社長だった父が、声をかけてくれたのだと言う。

「お父さま、ご自分の失敗談を話してくださって……それがもう最高におかしいの。ドン・キホーテって知ってるでしょ？」

「ええ……風車に立ち向かってく男のやつでしょ？」

「そう……お父さま、ドン・キホーテだって思ったわ。でも、失敗しても、失敗しても腐らずに挑戦しつづけて、社長になった彼のことがすごく愛おしくなった。あの人と一緒にいると、何もせずに悩んでいる自分が馬鹿らしくなったわ」

確かに、父はそういう不屈な闘志を持った男だ。

仕事にも挑んでいたが、女にも挑みつづけていた。

（……もしかして？）

崇士が舞子を見ると、舞子がうなずいた。

「そう……今、きみが思ったとおり。何度か彼と会って、抱かれたのよ」

超大型ハンマーで頭をゴーンと叩かれたようだった。

「恥ずかしいんだけど、じつはそのとき、初めてだったの……」

そうか、処女で教師をやっていたのか――。

「彼からいろいろと教わったわ。わたしはまったくの未開地だったから……」

舞子が当時のことを思い出したように、宙を見た。

すぐにはその現実を受け入れられなかった。だって、そうだろ。自分が愛している女教師が父と関係があっただなんて――。

「一年くらいつきあっていたかな……わたしのほうから身を退いたのよ。彼には妻子がいたし……」

舞子が崇士を潤んだ目で見た。

おそらく七、八年前のことだろうから、崇士はまだ中学を卒業して、高校に入ったあたりだろう。

「驚いたよね？」

「ええ……」

「わたしのこと、いやになった？」

自分の心がわからなかった。舞子は好きだ。しかし、父に女にされたのだ。

「そうよね、きみの気持ちもわかる。でも、これだけは覚えておいて。恥ずかしいけど、告白するね。わたし、これまでの人生できみのお父さまと、きみしか男を知らないのよ」

何かが心を揺さぶってきた。そして、熱いものが胸に沁みわたった。

「じつはね、きみがうちの学校に新任として赴任してきたとき、お父さまから電話をもらったのよ」

「えっ、父から……？」

「ええ……別れてからは連絡が途絶えていたんだけど。で、彼に頼まれたの。きみのことを」

「僕のことを？」

「ええ。息子はまだ世間知らずで、気が弱くて、何かと戦ったことがない。だから、たぶん学校でも上手くいかないだろう。それをきみのほうで、それとなく手助けしてくれないだろうかって」

「それで、最初から、いろいろと助言してくれてたんですね？」

舞子がこくりとうなずいた。

「でも、彼に言われたからだけじゃないのよ。きみを見ていたら、何だか放っておけなくなって……」

崇士を見る舞子の目に、女の感情が宿っている気がした。

「……でも、ダメよね。きみと寝たことを後悔しているの。だって、男に抱かれた女が、その息子を抱くなんて、あってはならないことでしょ？」

「………」

そうじゃない、あっていいんだという気持ちと、父に抱かれた女へのどうしようもないとまどいが心のなかで葛藤していた。

「だから、もう最後にしたいの。きみはもうわたしの手を借りなくても大丈夫よ。ひとりでやっていける。今回のことを見ていて、そう思った」

舞子が、明かりをつけるので、ローソクを吹き消すよう言った。

崇士は自分のなかに湧きあがってくる感情を待った。それが衝きあがってきたとき、崇士は身を任せた。

「いやです、消しません」

「えっ……？」

「二人の炎を消したくないんだ。舞子さん、僕はあなたが好きです。そりゃあ、今回はいろいろと悪いこともしましたけど、僕の心に住んでいるのはただひとり、あなたなんです」

「無理してるわ」

「無理なんかしてないです」

崇士は横の舞子をぎゅっと抱きしめた。

強引に唇を奪って、舞子をソファに押し倒す。

唇を重ねながら、ワンピースの胸を揉みしだく。

と、舞子が崇士を突き放して言った。

「隠しておくこともできたの。でも、隠しておくのは不実だと感じた。だから……でも、きみはもう知ってしまった。きっとこれからはわたしと一緒のときに、お父さまのことを思い出すわ」

「父とのことなんか、どうでもいい。いや、父だったら許せる……僕も父を好きだから」

「……………!」

「父のことはもうどうでもいい。純粋にあなたを愛したい。過去があってこそ、今の舞子さんがあるんだ」

「でも……」

「いいんだ、もう……」

崇士はまた唇を奪い、舌を押し込んだ。

そして、両手を頭上に押さえつける。

舞子がこうすれば女は感じると言った。と言うことは、舞子も感じるに違いないのだ。

指を組み合わせて、両手を押さえ込みながら、キスをする。

舌を押し込んで、口腔をまさぐった。と、途中から舞子は自ら舌をからませてきた。

崇士も積極的に舌をつかい、口腔を舐めしゃぶった。

顔を離すと、舞子が言った。

「今夜だけよ。今夜だけで、二人は切れるのよ。いいわね?」

「……終わってから決めたらいい。僕は、舞子さんを離れられなくする。めろめろにしてやる」

崇士はワンピースに手をかけて、引きあげ、首から抜き取っていく。

水色のブラジャーもパンティも強引にむしりとった。

たわわな乳房と股間を隠す舞子を見ながら、自分も裸になる。

ブリーフをおろすはなから、頭を振って飛び出してきた勃起を見て、舞子がハッしたように目を逸らした。

ソファに仰向けに寝た舞子の腕をまた頭上に押さえつけ、

「このまま、腕をおろしてはダメだよ」

言って、乳房にしゃぶりついた。

両手でふくらみを揉みしだくと、大きくて柔らかな乳房が形を変えながら、手のひらにまとわりついてくる。

「ぁあああっ……ダメだったら……」

舞子は頭上で右手で左手首をつかんだ姿勢で、顔をそむけた。

あらわになった腋の下を見ながら、乳首を吸った。

ぷっくりとふくらんだ乳暈の中心で頭を擡げている突起を口に含み、吐き出して、左右に撥ね、上下になぞった。

「ああ、ぁあああ……」

必死にこらえていた舞子が抑えきれない声を洩らして、わずかに顎をせりあげる。

グレープフルーツを思わせる豊乳を揉みしだきながら、中心に寄せた。

真ん中でせめぎあっている乳房の突起を、交互に吸いまくる。

一方を舐め転がしながら、もう片方の乳房を揉みしだく。今度は、反対側の乳首を吸いながら、もう片方の乳房を揉みあげる。

それを繰り返しているうちに、舞子の気配が変わった。

「ああ、ぁあぁぁ……いい。いいのよぉ」

後頭部をソファの肘掛けに載せて、胸をせりあげる。

今度は両方の乳首を指でくにくにとこね、つまんで引っ張りあげ、そこでねじる。

いったん離して、完全に勃起した乳首を指に挟んで、頂上を指先で引っ掻くようにする。

「んっ……あっ……あっ……ぁああ、いや……」

舞子は自分からせがむように腰を撥ねあげ、それを恥じるように、右に左に顔を振った。

愛する女を悦楽に導くことの喜びが込みあげてきた。

（もっとだ、もっと感じさせてやる）

崇士は腋の下を舐め、脇腹にも舌を走らせ、舞子をうつ伏せにして、背中にも丁寧に舌を這わせる。

その頃には、舞子はもう全身が性感帯と化しているようで、背中をひと舐めするだけで、ビクンッと肢体が撥ねた。

背骨を舐めおろし、尾てい骨からさらに下へとおろすと、

「あっ……やっ……」

舞子が尻たぶをぎゅっと引き締めた。

その尻たぶをつかんでぐいとひろげ、セピア色の窄まりに舌を届かせる。アヌスを夢中で舐めると、

「いやよ、そこはいや……あっ、あっ……」

最初は拒んでいたのに、自分から尻をせりあげてくる。

崇士はアヌスに舌を走らせながら、腰をあげさせる。

ソファに這った舞子の、尻から割れ目へと舐めおろしていき、濡れ溝に何度も舌を走らせる。

そこはすでに大量の蜜をあふれさせて、全体にオイルをかけたようにぬるぬるだった。

舞子に教わったことを思い出して、狭間を舐め、陰唇の外側に舌をツーッと走らせ、クリトリスにしゃぶりついた。

両側をマッサージしつつ、肉の真珠を舌で丹念に愛撫するうちに、舞子が震えだした。

「あっ……あっ……」

声を洩らして、ソファの縁を鷲づかみにして、背中をしならせる。ついには、腰をもどかしそうに揺らして、

「ぁああ、お願い……」

切なげに求めてきた。

崇士が舞子の手を勃起に導くと、いきりたちをぎゅっと握りしめてくる。握ったまま舞子はソファを降り、崇士をソファに座らせる。

そして、足の間の絨毯にしゃがみ、屹立を一気に頬張ってくる。

先端のほうに唇をかぶせ、根元を握って、ぎゅっぎゅっとしごき、同じリズムで顔を打ち振る。うねりあがった情欲をそのままぶつけるように、唇と指でしごきたててくる。

「ぁああ、おおぉぉ……」

湧きあがる快美感に、崇士は呻いた。

やはり、舞子のフェラチオがいちばん感じる。きっとそれはテクニックとかではなく、自分が舞子を好きだからだ。

そのとき、ふいに父の顔が脳裏をかすめた。

舞子は、崇士と父しか男を知らないと言った。だから、きっとフェラチオの仕方も父が教え込んだに違いない。

(どんな女だって処女でなければ、その身体を開発して女にした男がいるのだ。そんなことを気にしていたら、女の人を愛せない。むしろ、父みたいないい男で良かったじゃないか)

舞子が突き出した舌に亀頭部を連続して打ちつけている。

「舞子さん、こっちを見て」

言うと、舞子は舌を出したまま、とろんとした目で見あげてきた。

顔にかかった髪をかきあげて、もう一度思いを告げた。

「好きだ。どうしようもなく好きだ」

すると、舞子はふっと微笑み、包皮小帯にちろちろと舌を走らせながら、うれしそうに崇士を見あげてくる。

それから、胸を寄せて、肉棹を左右の豊かな乳房で包み込んできた。

顔を伏せて、唾液を落とし、それを塗りつけるように乳房を両側から押さえつけて、屹立を揉み込んでくる。

大きくて豊かだから、包み込まれる感じがすごい。

たわわな乳房の肉が分身にまとわりついてきて、パイズリでしか味わえない心地好さが込みあげてくる。

舞子は潤滑油代わりに唾液を大量に落とし、濡れた乳肌で肉棹をマッサージしながら、自分でも気持ち良さそうに、顔をのけぞらせる。

目を細めたうっとりした表情を見せ、左右の乳房を同時に押し、交互に揺らし

て、

「ぁああ、ぁああ……」

と、甘い吐息をこぼす。

そんな舞子を見ているうちに、こらえきれなくなった。

4

崇士は寝室のベッドで、舞子の膝をすくいあげると、太腿の間に濃い翳りととに女の扉が開いていた。

恥ずかしそうに顔をそむける舞子を見ながら、切っ先を押しあて慎重に腰を沈めていく。

温かいぬめりが分身を包み込んできて、

「はうっ……！」

舞子が顎を突きあげた。

(ああ、すごい……！)

熱い肉路がひくひくっと震えながら、硬直を包み込み、内へ内へと手繰り寄せるような動きを示す。

（くうぅ、気持ち良すぎる！）

根元まで押し込んだ状態で、崇士はもたらされる快美感に酔いしれた。

舞子が顔をあげて、両手を前に突き出してくる。その哀切な表情が崇士をかきたてる。

覆いかぶさっていき、右手を肩からまわし込んで、女体を抱きしめる。すると、舞子も両手を頭と背中にまわして、ぎゅうとしがみついてくる。

「舞子さん」

唇を寄せて、重ねた。

すると、舞子も自分からキスをしてくる。下から、ちゅっ、ちゅっと唇を押しつけ、崇士の唇を舐めた。

舌を伸ばすと、そこにねっとりとした肉片がからんできた。

舌先がちろちろと動き、崇士の舌の下側をねろりとなぞりあげて、それから、顔を引き寄せて舌を差し込んでくる。

上の口ばかりでなく、下の口でも繋がっている。

舌も肉路もまったりとからみついてきて、崇士は舞子の虜になる。

芳野慶子もその美貌で崇士を魅了する。だが、この二人がひとつに溶けあうような合一感は味わえなかった。

舞子は舌を動かしながら、崇士の腰を両足で挟んで引き寄せ、ぐいぐいと下腹部を擦りつけてくる。

伊吹舞子が生徒に接するときのやさしく、それでいて、悪いことは悪いと言う毅然とした態度を知っているだけに、今見せている奔放な夜の顔をいっそう魅力的に感じてしまう。

キスを終えて、崇士は顔をおろし、乳房にしゃぶりついた。

大きな乳房は血管の色が透け出るほどに張りつめていて、頂上の突起を口に含んで、れろれろと舌で弾く。

舞子は乳首が感じる。

「ぁああ、ぁあうぅぅ……ぁああ、気持ちいいの。いいのよぉ」

さしせまった声を放って、舞子は下腹部を押しつけてくる。その、女の本性を剝きだしにした動きがたまらなかった。

崇士は顔をあげて、腕立て伏せの形で腰を打ち据えていく。

腰にからんでいた舞子の足がほどけた。

打ち込むたびに、豊かな乳房がぶるん、ぶるんと波打ち、揺れて、

「ぁああ、ぁああ、いいのよぉ」

舞子は、崇士の腕にしがみつくようにして、見あげてくる。

大きくて、目尻の切れあがった目が、何かにすがるような表情をたたえて、涙ぐんでいるのかと思うほどに潤みきっていた。

「舞子さん、舞子さん……」

名前を呼んで、大きく腰をつかった。

見つめ合いながら、ぐいぐいと打ち込んでいくと、肉路が肉棹の行く手を遮るように締めつけてきて、

「んっ……んっ……ぁああああ、ぁああうぅぅぅ」

舞子は目を閉じて、顔をのけぞらせる。

崇士は、奥もGスポットも両方感じると言っていたことを思い出して、切っ先で浅瀬の天井を擦りあげた。それから、ずいっと打ち込んで、子宮口をぐりぐりとこねる。

その間も、乳房を揉みしだき、乳首を指でまわし揉みする。

「ぁあ、すごい。崇士、すごい……あんっ、あんっ、あんっ……」

舞子は両手を頭上にあげた姿勢で、乳房を豪快に揺らし、さしせまった声を放つ。

「ああ……イキそう」

舞子が訴えてくる。

「まだ、ですよ。まだ、イクのは早いです」

崇士は上体を立て、舞子の足を折り曲げて押さえつけ，小刻みに突いた。

「ああ、いい……あんっ、あんっ、あんっ……」

腕を頭上で繋いだまま、舞子は乳房を揺らして、顔を右に左に振る。

今度は足をひろげた。V字に開いて持ちあげ、尻に叩きつけるように肉棹をめり込ませると、

「ああ、こんなことまで……あんっ、あんっ……」

舞子は甲高く喘ぐ。

崇士は膝裏をつかんで、開きながら押さえつける。と、舞子の腰があがって、勃起と膣の角度がぴたりと合った。

つづけざまに腰をつかうと、舞子はもう腕をあげておくこともできなくなったのか、繋いでいた手を離した。

シーツを鷲づかみにしたり、枕を握りしめたり、手の甲で口をふさいだりしながら、確実に高まっていく。

崇士も甘い疼きがどんどんひろがって、もう長くは持ちそうになかった。

ふと、父はどういう形で舞子を絶頂に導いたのか、気になった。

だが、父は関係ない。自分は自分のやり方で舞子を愛すればいいのだ。

舞子の足を左右の肩にかけて、ぐっと前屈みになった。

体重を前にかけると、舞子の身体が腰のところから二つに折れて、崇士の顔が舞子の顔のほぼ真上まで来た。

「ああ、これ……！」

舞子が眉根を寄せた。

「どうしました？」

「これ、この格好、きみのお父さんが好きだったから」

「……！」

自分なりに考えた体位が、父の好んだものだったとは……。

二人の間に流れる血を思わずにはいられなかった。

(だけど、いいんだ。俺は俺だ。好きなようにして、その結果が似ていたとしても関係ない。自分に忠実になればいい)

崇士は両手をベッドに突いて、上から打ちおろした。

肉の槌がぐさっ、ぐさっと子宮口まで届き、それがいいのか、

「ぁああ、くうぅぅ……！」

舞子はもう言葉を発することもできなくなって、崇士の腕を握りしめ、逼迫した声を絞り出す。

歯を食いしばって打ち込むと、

「ぁあぁぁ、感じるの。崇士とすると、すごく感じる……あんっ、あんっ、あんっ……くうぅぅぅ」

舞子は両腕を握る指に力を込め、顎をせりあげる。

崇士はここぞとばかりに猛烈に打ち据えた。音が出るほど強く打ちおろすと、

「ぁああ、ぁああ……崇士、イク……イクわ……」

「イキますよ。僕もイキますよ」

「来て……ぁあああ、ダメっ……イク、イク、イッちゃう！」

「そうら」

「いやぁああああああぁぁぁぁぁぁぁぁ、はうっ！」

舞子がのけぞりかえり、それから、「あっ、あっ」と声を洩らしながら痙攣した。

肉路が締めつけてきて、ぐいと奥まで届かせながら、崇士も至福に押しあげられる。

「くわぁぁぁ……」

吼えながら、射精していた。

ドクッ、ドクッと間欠泉のようにしぶく精液が、舞子の体内に迸《ほとばし》っていく。

脳味噌がぐずぐずになるような強烈な射精感だった。

しかも、舞子の体内は痙攣しながら波打つので、精液を一滴残らず絞り出されていくようだ。

すべてのエネルギーを使い果たしたようで、その姿勢を保っていることもできなくなり、崇士はがっくりと舞子に覆いかぶさっていく。

息が切れていた。

激しく波打つ崇士の胸と、たわわで弾むような乳房が重なった。

いつまでもこうしていたかった。だが、このままでは、舞子も重いだろう。

すぐ隣にごろんと寝転んだ。

気絶したように横たわっていた舞子が、気だるそうに身体を寄せてきた。思わず腕を伸ばすと、そこに頭を載せた慶子が、耳元で言った。

「きみに腕枕されるなんて、思わなかったわ」

「だって、男ですから」

「そうね。男になったわ」

「僕、絶対にあなたを離しませんよ」

「しょうがない人……」

口許をゆるめて、舞子が胸板に頬擦りしてきた。

＊この作品は、書き下ろしです。また、文中に登場する団体、個人、行為などは実在のものとはいっさい関係ありません。

二見文庫

お色《いろ》気《け》PTA　ママたちは肉食系《にくしょくけい》

著者　霧原一輝《きりはらかずき》

発行所　株式会社 二見書房
東京都千代田区三崎町2-18-11
電話 03(3515)2311 [営業]
03(3515)2313 [編集]
振替 00170-4-2639

印刷　株式会社 堀内印刷所
製本　株式会社 村上製本所

ISBN978-4-576-15093-2
http://www.futami.co.jp/